مُر مثل القهوة
حلو مثل الشوكولا

مُر مثل القهوة
حلو مثل الشوكولا

ميرنا الهلباوي

مُر مثل القهوة
حلو مثل الشوكولا

رواية

الكرمة

لمزيد من المعلومات عن الكرمة: facebook.com/alkarmabooks

الهلباوي، ميرنا.

مر مثل القهوة حلو مثل الشوكولا: رواية / ميرنا الهلباوي – القاهرة: الكرمة للنشر، ٢٠١٨.

٢١٦ ص؛ ٢٠ سم.

تدمك: 9789776467859

١ – القصص العربية.

أ – العنوان.

رقم الإيداع بدار الكتب المصرية: ٢٣١٣٦ / ٢٠١٧

١٣ ١٥ ١٧ ١٩ ٢١ ٢٢ ٢٠ ١٨ ١٦ ١٤

تصميم الغلاف: كريم آدم

إهداء

إلى الزرافات البيضاء النادرة في تنزانيا.

أعز الناس

على طول الحياة نقابل ناس، ونعرف ناس

ونرتاح ويَّا ناس عن ناس

وبيدُور الزمن بينا يغير لون ليالينا

وبنتوه وسط الزحام والناس

ويمكن ننسى كل الناس

ولا ننسى حبايبنا

أعز الناس حبايبنا

وقعنا في حب الخروج من المنزل في هذا الوقت من اليوم قبل انتقالنا إلى القاهرة، أو انتقالي أنا إلى القاهرة وإجبار «شمس» على ترك الإسكندرية والمكوث معي لفترات طويلة جدًّا. مرت أشهر قليلة على وجودي بشكل دائم في القاهرة، واستلامي لأول عمل في حياتي كمحررة وصحفية. كنت أشعر بالخوف من كل شيء، ومن كل شخص، ولم تكن لديَّ خبرة عملية سابقة، لم تكن لديَّ خبرة

إلا في القراءة وشغفي بها، ولم أذهب إلى القاهرة قبل قبول شمس إلا لزيارات عائلية قصيرة. كانت سعادتي لا توصف لأن شمس أيضًا قُبِل كمصور في المجلة نفسها. أنا وأقرب أصدقائي نعمل في مكان واحد! حلم يتحقق!

لكن سعادتي تلاشت عندما علمت أنه ليس لديه مواعيد عمل ثابتة مثلي. شعرت بوحدة وضعف شديدين! أتذكر ذلك اليوم الذي عُرض عليَّ العمل فيه بشكل دائم في المجلة، جلست مع شمس في وسط البلد، واغرورقت عيناي بالدموع، وشعرت أنني تسرعت أكثر من اللازم، وأن حماسي في قبول الانتقال إلى القاهرة كان يجافي المنطق. لهذا وعدني شمس بمحاولة المكوث معي في القاهرة لأطول فترة ممكنة حتى أستطيع التأقلم. كان شمس أول من شجَّعني على الكتابة، وأول من شجَّعني على إرسال كتاباتي إلى المجلات، وأول من أشعل حماسي للتقدم إلى هذا العمل.

خفتت أصوات الناس والسيارات من حولنا على «قهوة أسوان» بالكوربة في مصر الجديدة، وتعالى صوت عبد الحليم يشدو. لا أدري إن كان من استمعت إليه وقتها هو عبد الحليم حافظ بالفعل، أم أن هذه تفصيلة مضافة من عقلي الباطن استطاعت أن تضفي سحرًا على هذا اليوم بالتحديد. لا يهم، المهم أنني أتذكر هذه الليلة مع صوت عبد الحليم في الخلفية. كان هذا المكان هو الملاذ الليلي لخفافيش مثلنا، خصوصًا أن عملنا يبدأ بعد الظهيرة، مما يتيح لنا التمتع بالفترة المحببة لنا من اليوم؛ فترة ما بعد منتصف الليل.

ومين ينسى ومين يقدر في يوم ينسى
شعاع أول شرارة حب
ونظرة من بعيد لبعيد تقول حبيت
ورمش يقول غلبني الحب غلبني

كنت مندمجة مع الكتاب الذي أقرأه بشغف، عندما أخذ شمس نفسًا عميقًا من الشيشة ثم التفت إليَّ وقال:

ـ فيه واحد صاحبي جايلنا دلوقتِ.

ـ مين؟ أعرفه؟

ـ لأ، بس لطيف أوي.

ـ أنا ما باحبش مجايبك دول، باقلق منهم، وهييجي يرغي ويصدعنا!

ـ إنتِ باردة ليه؟ ما قلتلك شخص لطيف!

ـ بيعمل إيه في حياته ده؟

ـ ظابط.

ـ يا دي النيلة! ناقصين عُقد إحنا! اعتذرله، قوله إننا مضطرين نمشي.

ـ طب إيه رأيك بقى هييجي! خليكِ في كتابك، هييجي يقعد معايا أنا!

رمقته بنظرة غاضبة متحفزة، ثم اعتدلت في جلستي وأكملت القراءة.

لست انطوائية، ولا أكره التعرف على أشخاص جُدد، لكن هناك بعض الأوقات التي لا أحب فيها إلا الهدوء والتواصل مع مَن في

دائرتي الدافئة المقربة، وأي إزعاج في هذه الأوقات، حتى لو من شخص عابر مثل صديق شمس يؤرقني.

مرت دقائق، ونبهني شمس إلى وصول صديقه. رمقته وهو يقترب، كان يبدو وسيمًا مهندمًا.

قام شمس من مجلسه وأساريره متهللة:

ـ ميرنا، أدهم.. أدهم، دي ميرنا.. اقعد اقعد، تشرب إيه؟

غطست مرَّة أخرى في كتابي، وتركتهما للسلامات التقليدية، ثم أفقت من تركيزي في آخر صفحة من الكتاب على لكزة من شمس:

ـ إنت عارف إن ميرنا بتكتب حلو أوي؟

ـ بجد؟

نظر إليَّ أدهم بعينيه الصغيرتين كثيفتي الرموش، مبتسمًا ابتسامة هادئة.

أخرج شمس مدونتي الإلكترونية على هاتفه المحمول، وأعطاه لأدهم الذي بدأ في القراءة على الفور، إلا أن شمس استوقفه بعد دقائق، مكتفيًا بإلقائه نظرة، وأخبره أنه سيرسل إليه المدونة لاحقًا لقراءتها.

قال أدهم بارتباك طفولي:

ـ على فكرة حلوة أوي، الحبة يعني اللي قريتهم.

قلت بلطف مصطنع يكره المجاملات:

ـ بجد؟ شكرًا! ربنا يخليك والله.

ـ أحلى حاجة في أدهم بقى إنه بيحب القراية أوي هوَّ كمان، وبيحب السينما وكده، نفسه يسيب شغله ويشتغل في السينما.

تحدثنا نحن الثلاثة عن الكتب المشتركة، والسينما، والقاهرة. أدهم أيضًا من الإسكندرية، وانتقل مؤخرًا للعمل هنا، مما جعل الجلسة انسيابية وسلسة في الحديث والانتقال من موضوع إلى آخر. اكتشفت الكثير من الأشياء المشتركة بيني وبين أدهم: ذوقنا في الكتب، وفي الأفلام، وفي السفر. وكنت في الحقيقة متفاجئة، حيث كوَّنت في ذهني صورة نمطية مسبقة لضباط الشرطة، وكان هو على عكس ما توقعته، كان لديه دائمًا ما يضيفه مما قرأه وشاهده وبحث عنه، والأهم أنه كان يتمتع بحس فكاهي لم يفشل في إضحاكي مرَّة.

استمرت الجلسة لساعات، وقبل انتهائها تحدثت معه عن الكتاب الذي كنت أقرأه: «إسكندرية/ بيروت»، وأخبرته أنه من أحلى ما قرأت مؤخرًا.

قال بحماس:

ـ هابقى أجيبه وأقولك رأيي!

صمتُّ للحظات، ثم أخرجت الكتاب وقلمًا من حقيبتي. قررت أن أهدي الكتاب إلى أدهم. لا أدري كيف اتخذت هذا القرار بهذه البساطة والحماسة والسهولة؛ أكثر ما يزعجني هو التخلي عن الكتب، أو إعارتها.

كتبت في الصفحة الأولى بالإنجليزية:

إلى أدهم، اعتنِ جيدًا بهذا الكتاب، وإلا قتلتك، أقسم بذلك.

أحب هذا الكتاب و... و... لا شيء.

ميرنا

تناول أدهم الكتاب، ثم فتحه على صفحته الأولى، وقرأ الإهداء، وشاهدت عينيه تلمعان.

ومين ينسى، ومين يقدر في يوم ينسى

ليالي الشوق ولا نارها وحلاوتها

ولا أول سلام بالإيد، ولا المواعيد ولهفتها

توالت المقابلات بين ثلاثتنا في القاهرة. كان ما يميز أدهم عن الآخرين أن لدينا دائمًا ما نتحدث عنه: كتاباتي، وأفلامه المفضلة، والبلاد التي نحلم بزيارتها، وكل شيء وأي شيء. كنت أشعر بما لا أريد أن أشعر به في هذا الوقت: سرعة دقات القلب، والسعادة المفرطة غير المبررة. لقد جئت إلى القاهرة لأعمل وأحقق ذاتي في الكتابة، وليس للحب!

قرر شمس أن يعود إلى الإسكندرية، وعاد إحساسي بالضعف والوحدة، وانتهت مقابلاتنا الثلاثية، وحلت محلها مقابلات ثنائية يومية. يُنهي أدهم عمله في ساعة متأخرة من الليل، ثم يتجه إلى مصر الجديدة حيث أسكن، وينتظرني في حديقة البناية، ثم تبدأ سهرتنا فيها. في البداية لم أكن مرتاحة لفكرة أن شمس وصَّى أدهم بأن يشغل وقت فراغي ووحدتي كما لو كنت طفلة. ومع تواصل لقاءاتنا الليلية، فهمت أن أحدًا لن يتحمل القدوم من حيث يسكن ويعمل في وسط البلد إلى مصر الجديدة كل ليلة فقط بناءً على توصية من صديقه.

أهداني أدهم كتابًا أيضًا: «مذكرات شاب غاضب» لأنيس منصور، وكتب لي في صفحته الأولى بإنجليزية ممزوجة بالعربية:

أحب هذا الكتاب فعلًا... أول كتاب ألاقيه بيتكلم عني. اعتني به جيدًا.

أدهم

خفت من قراءة هذا الكتاب بالتحديد، لا أعلم السبب، ربما خفت من فكرة أن جزءًا منه سيكون بين يديَّ، وسأكون قادرة على فهمه والتقرب منه أكثر. لم يُلمح لي أدهم يومًا بأي كلمة تدل على إعجاب أو ما شابه، وبررتُ هذه المقابلات اليومية بأننا مجرد صديقين مقربين مغتربين يتمتعان بهوايات مشتركة.

كنت مستمتعة بكل دقيقة أقضيها مع أدهم. لا ينتهي الحديث بيننا أبدًا، ولا تنتهي المقابلة إلا عندما أبدأ في التثاؤب الذي أفشل في إخفائه، فلا يتركني إلا عند موعد النوم.

في ليلة من تلك الليالي، جاءتني مكالمة من أدهم:

ـ إيه إنت تحت؟

ـ آه، انزلي فيه مفاجأة.

ارتديت ملابسي بأقصى سرعة ونزلت ركضًا.

كان يقف ممسكًا برول أبيض طويل، وما إن رآني حتى أخرج ما فيه. كان البوستر الرسمي لفيلمي المفضَّل، أو بالأحرى فيلمنا المفضل: «إيترنال سانشاين أف إي سبوتلس مايند»، «جيم كاري» و«كيت وينسلت» مستلقيان على الثلج، ويداهما متشابكتان.

فوَّت قلبي نبضة. ربما لم تكن هناك كلمات كافية في المعجم لشرح إحساسي في هذه اللحظة!

ربما كنت كالطفلة عند رؤيتها للشوكولا.

لا، بكل تأكيد لا، فقد فاقت سعادتي سعادة طفلة.

هناك لحظات تعلم جيدًا أنها ستظل محفورة في ذهنك وذاكرتك إلى الأبد. سمعت أجراس القدر ترن في أذنيَّ، تنبهني إلى أنني أمام مشهد يُرسم بفرشاة تدغدغ قلبي. كأنما ولدت من جديد. كان ما أشعر به أكثر من مجرد سعادة لتلقي هدية من صديق، كان ما أشعر به أكثر من كل شيء.

لم أقوَ على تعليق البوستر في البيت، شيء ما منعني وجعلني أخفيه في ركن، مع الكتاب الذي أهداني إياه، ومع كل ما أشعر به تجاه أدهم وعينيه وابتسامته. ركن مقدس أنظر إليه فتلمع عيناي ويدق قلبي بعنف.

حبيب قلبي وروح قلبي، حياة قلبي
يا أغلى الناس، يا أحلى الناس، يا كل الناس
لسه مشوار الحياة شايل لنا وقفات
معالم في طريق الحب أحلى كتير
من اللي فات، من اللي فات

الحواس السبع

استمتعت بكل دقيقة في عملي الجديد والأول. هل هناك ما هو أحلى من أن أكتب ليلًا ونهارًا عن كل ما يخطر ببالي؟ لم تكتفِ المجلة بتطوير أسلوبي في الكتابة، ولكن لحسن حظي أرسلني رؤسائي في رحلة عمل إلى الخارج، إلى البلد المفضل الذي كثيرًا ما حلمت بزيارته. كنت سعيدة بتحقيق حلم واحد فقط مما كنت أحلم به وأتحدث عنه مع أدهم في جلساتنا الليلية، لكن جزءًا مني كان حزينًا لعدم مشاركته لي في تحقيق هذا الحلم، خصوصًا أننا حلمنا به معًا. كنت متحمسة لكل ما سأراه هناك لأعود وأحكي عنه في مقابلة ليلية أخرى.

برشلونة، سفريتي الأولى، بالنسبة لي هي بداية كل شيء، نافذتي الأولى على عوالم لم أعرف عنها شيئًا، الضغطة الأولى على زر مشاعر وأحاسيس وحواس لم أدرك قيمتها إلا هناك.

* * *

أتذكر جيدًا اليوم الذي دخلت فيه عمتي العجوز إلى فصلي في المدرسة، وكانت تشغل منصب مفتش في وزارة التربية والتعليم على معلمي اللغة العربية بالمراحل الابتدائية. لم أكن أستسيغ عائلة أبي على الإطلاق، وقد خرجوا جميعًا من حياتي، بمن فيهم والدي نفسه، وأنا في الثامنة من عمري، ولم أملك في الحياة وقتها إلا حضن أمي وتقبيلها جبهتي كل مساء قبل النوم.

تملكتني طاقة غضب طفولية في ذلك اليوم. أخذَت عمتي تطرح الأسئلة علينا من درس «الحواس الخمس»، وكنت أرفع يدي للإجابة عن كل سؤال، في محاولة مني لإثبات ذاتي أمامها، وأردت أن أرسل إليها رسالة بأنني أبلي بلاءً حسنًا من دونها ومن دون عائلتها، ولحفظ ماء وجه «مدام كلير» التي ارتبكت عند دخول المفتشة، خصوصًا مع خمول الطالبات في نهاية يوم دراسي ثقيل.

لم تعلن عمتي عن قرابتي لها أمام «مدام كلير» والطالبات إلا عندما رأت تفوقي وتصفيق «مدام كلير» وتشجيعها لي، وإعلان هذه القرابة زاد من حب «مدام كلير» لي بالطبع، ومن تهافت الطالبات على تكوين صداقات معي. ومع هذه الدوامة من المشاعر، الحقيقية والزائفة، لم أنتبه لمعنى الدرس أصلًا وأهميته.

سألت عمتي بصوت عالٍ في الفصل الذي خيَّم عليه الصمت والتوتر:

ـ ما هي حاسة التذوق؟

الإجابة النموذجية: «هي إحدى حواس الإنسان الخمس، وهي مسؤولة عن تمييز خصائص الأطعمة. العضو الرئيسي لحاسة التذوق

هو اللسان، الذي تنتشر عليه خلايا حسية يمكنها التمييز بين الحلو والحامض والمالح والمُر».

هكذا رفعت يدي للمرَّة الأولى على استحياء، وأجبت بخوف ممزوج بتحدٍّ.

* * *

إجابتي الآن: هي طعم «البايِيَّا» التي تذوقتها للمرَّة الأولى في برشلونة، وتجربة أطعمة مختلفة للمرَّة الأولى في حياتي. طعم السمك اللذيذ المختلف عن نظيره في مصر. ثم أدركت أن حاسة التذوق تشمل أكثر من الإحساس بالطعام، فهي أيضًا تضم تذوقي للموسيقى الإسبانية التي كانت تنبعث من مسرح في شارع «لارامبلا» الذي وقفت أمامه كالمنومة مغناطيسيًّا، ولم أشعر بنفسي إلا وفي يدي تذكرة للعرض الرئيسي الذي لم أستطع اللحاق به بعد أن سرحت في التجول بين شوارع برشلونة ولم أشعر بالوقت ولم أكلف نفسي بالنظر إلى الساعة. أدركت أن العضو الرئيسي لحاسة التذوق ليس اللسان فقط، وإنما الأذن والعين والقلب أيضًا. فكم من أكلة فقدت طيب مذاقها مع قلب رمادي مليء بالهموم، وكم من أكلات رديئة التُهمت عن آخرها بنفسٍ مفعمة بالسعادة والحب. حاسة التذوق في تعريفي هي مذاق أول كوب من القهوة تناولته وحيدة في برشلونة في المقهى المجاور للفندق البعيد جدًّا عن وسط المدينة.

* * *

تثاءبت الطالبات بهدوء، فالدقائق تمر ببطء ورتابة في وجود عمتي. كان اليوم شتويًّا، خفف من كآبته دفء الفصل والمعاطف التي

١٧

ارتديناها، إلا أن عمتي جاءت مثل صفير الهواء البارد من شباكٍ فشلنا في إغلاقه، فتسبّب في قشعريرة تسري في أجسادنا بين الحين والآخر.

ـ ما تعريف حاسة الشم؟ وما العضو الرئيسي الخاص بها؟

رمقتني عمتي بنظرة عميقة عندما رفعت يدي وحيدة أستأذن للإجابة. انتظرت لحظات حتى ترفع غيري يدها. رفعت زميلة يدها على استحياء فتجاهلتني عمتي واختارتها.

الإجابة النموذجية: «هي إحدى حواس الإنسان الخمس، والعضو الرئيسي الخاص بها هو الأنف. يستنشق الأنف الروائح المختلفة ويرسلها إلى المخ الذي يترجمها إلى روائح منفرة وروائح طيبة».

* * *

استوقفني بائع للعطور في محل من محلات برشلونة المزدحمة. للمرَّة الأولى لم أكن أمانع في سماع عروض طويلة مملة، فقد كنت في نشوة كافية لاستقبال هادئ لأي شيء.

قال بإنجليزية ركيكة غلبت عليها الإسبانية:

ـ شكلك أول مرَّة تيجي برشلونة!

ـ آه فعلًا، عرفت إزاي؟

ـ عشان إنتم بس اللي بتبقوا مستعدين تقفوا وتسمعوا، مش هاخد من وقتك أكتر من دقيقتين!

ابتسمت وأومأت برأسي موافقة.

ـ إنتِ بتشمي الروايح بإيه؟

ـ بأنفي!

ـ غلط. إحنا بنشم الروايح بعقلنا، وبالتحديد بالجزء الصغير

المرتبط بالذاكرة، ممكن تشمي ريحة الجنة بس في الوقت الغلط، فتفضل مرتبطة معاكِ بإنها وحشة عشان مرتبطة بذكرى سيئة، ممكن في اليوم اللي يعترفلك حبيبك بحبه ليكِ يبقى حاطط برفان ما بتحبيهوش، بس كل ما هتشمي الريحة دي في مكان تاني هتبتسمي وتفرحي لما تفتكري اللحظة اللي شمتيها فيها. عارفة أنا باقولك كده ليه؟

ـ ليه؟

ـ عشان إنتِ هتشتري مني دلوقتِ البرفان ده، والدقيقتين اللي اتكلمت معاكِ فيهم دول هيفضلوا معلقين في دماغك، وكل ما هترشي رشة من الإزازة هتفتكري برشلونة والبياع الفيلسوف اللي باعلك البرفان!

ضحكت، واشتريت هذا العطر بالفعل. يبدو لي الآن عند استرجاع الحديث أنني كنت كالمسحورة، أو أن هذا البائع ألقى عليَّ بتعويذة ما وقتها. أصبحت هذه الرائحة هي رائحة برشلونة التي تتسرب إلى أنفي كلما تذكرت هذه الرحلة وكل أحداثها، لم تكن هذه الرائحة تشبه أي عطر استخدمته من قبل، ولكنها تشبه شخصيتي في برشلونة. وبعد عودتي منها، كلما سافر صديق أو سافرت أنا اشتريت العطر نفسه ليذكرني بسعادة برشلونة في أيامي الكئيبة. ولكن ما أثار دهشتي أن العطر نفسه من بلد آخر غير برشلونة لم يكن يشبه رائحة الزجاجة نفسها التي باعها لي الفيلسوف على الإطلاق، وكأنه قرأ على العطر كلمات سحرية لا تجعله يُخرج الرائحة نفسها إلا بالسفر إلى برشلونة مرَّة أخرى!

* * *

تنحنحت عمتي فبثت ذبذبات تحمل معنى المكوث معنا لآخر الوقت. وقالت بابتسامة أرادت بها أن تكسر التوتر المخيم على الفصل:

ـ إنتم نايمين ولَّا إيه؟

ابتسمت الطالبات بدورهن، إلا أنا، فرمقتني بنظرة أخرى من أسفل نظارتها الطبية ذات الإطار الذهبي السميك.

ـ كيف نبصر؟ وكيف يعمل الجزء المسؤول عن البصر؟

ردَّدت عمتي السؤال بصوت عالٍ في محاولة منها لتنشيط الطالبات الخاملات. رفعت يدي بتحدٍّ للإجابة. لحظات من الصمت مرت من دون أن تختارني أو ترفع أيٌّ من الطالبات يدها للإجابة وكأنهن يعلمن بما يدور في داخلي من مشاعر تجاه العمة.

فقالت «مدام كلير»:

ـ هوَّ الفصل مفيهوش غير ميرنا؟ ماشي قومي قولي!

بهذه الجملة كسرت «مدام كلير» حاجز الصمت، ووقفت أسرد إجابة السؤال بصوت عالٍ على غير عادتي وبتلعثم طفولي.

الإجابة النموذجية: «يبصر الإنسان عن طريق العين. تعمل العين عن طريق انعكاس الأشكال المختلفة من حولنا إلى داخل شبكية العين التي بدورها تقوم بترجمة هذه الصور إلى المخ فيقوم بإدراكها».

* * *

كانت رحلة برشلونة هي أول تجربة لعينيَّ للمشاهدة وليس فقط للرؤية، فأنا أرى كل يوم، أرى مظهري قبل الخروج إلى العمل، وأرى شارع البيت المزدحم دائمًا بالسيارات والناس، وأرى والدتي، وأرى أصدقائي، لكن معنى المشاهدة تجلَّى في هذا البلد. تمنيت لو كنت

٢٠

أملك أكثر من عينين حتى لا تفوتني مشاهدة من يسيرون خلفي بضحكاتهم السعيدة، وأكشاك التذكارات المبهجة في «بلاسا دي كاتالونيا»، وكل الموهوبين الذين ملأوا الشوارع الكاتالونية بغنائهم وعزفهم ومرحهم. أخذت أشاهد كل التفاصيل التي لن أمل من ذكرها للأهل والأصدقاء والمعارف بعد الرجوع، وفهمت أن وظيفة العين الحقيقية ليست في رؤية الأشياء، بل في مشاهدتها والتمعن فيها، وهي تنعكس بدورها على روحنا.

* * *

تنفست الطالبات الصعداء عندما سمحت لهن «مدام كلير» بالخروج لشرب الماء والعودة لاستكمال الدرس. همست لي ميادة في الطريق:

ـ هيَّ دي بجد عمتك؟

فأومأت برأسي إيجابًا.

ـ طب تيجي تقعدي جنبي في أول صف؟

رمقتها بنظرة فهَمَت منها رفضي عرضها. كيف تعلمت ميادة التملق في هذه السن الصغيرة؟!

عدنا إلى الفصل، وانتعشت الطالبات اللاتي رفعن أيديهن مع سؤال عمتي عن حاسة السمع. أما أنا فلم أرفع يدي؛ لم تكن ستختارني على أي حال وسط هذه الأيدي المرتفعة، ودونًا عنهن جميعًا اختارتني لاعتقادها أنني لا أعرف إجابة السؤال.

الإجابة النموذجية: «هي من أهم الحواس الخمس التي أنعم الله بها علينا، فمن خلال السمع يتعلم الإنسان النطق والكلام. العضو الرئيسي

٢١

لحاسة السمع هو الأذن التي تصل إليها الذبذبات والموجات الصوتية وترسلها إلى المخ الذي يترجم الأصوات ويدركها».

* * *

نظرت إلى اللافتة الموجودة على أول الشارع بخيبة أمل. تائهة ولا أدري أي شارع من هذين الشارعين أسلك، هاتفي المحمول ينذر باقتراب نفاد شحن البطارية منذ فترة، وليس معي شاحن الآن، ولا يوجد «واي فاي». كنت مرهقة بعد ساعات طويلة من السير في شوارع برشلونة، ما جعل إدراك طريق العودة إلى الفندق أمرًا صعبًا. جلست على «البنش» العمومي في الشارع طلبًا لبعض الراحة لاستعادة نشاط مخي. كان هناك عجوز يتابعني منذ اللحظة الأولى التي وقفت فيها أمام اللافتة حتى الجلوس على «البنش» نفسه الذي يجلس عليه. قال لي باللغة الإسبانية:

ـ تايهة؟

فأجبته بالإسبانية أيضًا:

ـ أيوه.

فقال:

ـ ساكنة فين؟

أخبرته باللغة الإنجليزية أن إسبانيتي ضعيفة، ولا أعلم إلا بعض الكلمات التي أدرسها في الجامعة، وأحاول التحدث على قدر الإمكان ولكن تهرب مني المفردات.

فرد بالإسبانية:

ـ يعني إنتِ دلوقتِ فاهمة أنا باقول إيه؟

فأجبت بالإنجليزية:
ـ أيوه فاهمة، بس مش هاعرف أرد عليك بالإسباني.
ـ خلاص أنا هاتكلم إسباني عشان ودنك تتعود، وإنتِ اتكلمي إنجليزي!

حكى لي العجوز عن زوجته التي توفيت، وعن أولادهما الذين اختاروا الحياة في ألمانيا التي لا يحبها إطلاقًا، وأنه قرر العيش هنا في برشلونة وحيدًا. كان العجوز يرى لمعة الحياة والفرحة في عينيَّ كلما تحدث أكثر باللغة الإسبانية، لطالما كانت الإسبانية بمثابة موسيقى في أذني. ووقعت أذناي في حب حكايات العجوز، وأطربني بحكاياته، وأحببت كيف جعلني أنتبه إلى كل كلمة، وكيف صحح لي كل حرف أنطقه. أتذكر بين الحين والآخر صوته المبحوح وهو يحتضنني بعد ساعتين متواصلتين من الحديث ويتمنى لي السلامة.

* * *

باقٍ من الزمن ربع ساعة على انتهاء اليوم الدراسي، ولم تتوقف عمتي عن الأسئلة، لا أدري ماذا تريد أن تُثبت لي ولنفسها. هل تنتظر مني غلطة؟ لماذا تنتابني الرغبة في البكاء؟ ولماذا أشتاق إلى حضن أمي اليوم أكثر من أي وقت مضى؟
ـ آخر سؤال، حاسة اللمس، مين هيجاوب؟ مش هنسيب ميرنا تجاوب برضه ولَّا إيه يا بنات؟
ضحكت عمتي ضحكة صفراء في محاولة لإضفاء بعض الكوميديا على الموقف، ووقفت ميادة لتجيب.
الإجابة النموذجية: «حاسة اللمس هي الحاسة التي نتعرف بها

على الأشياء عند ملامستها عن طريق الخلايا العصبية التي يمكن من خلالها الشعور بالدفء والبرودة والألم والضغط».

* * *

تأملت الوشم الملون الخاص بنادل «الهارد روك كافيه» في «بلاسا دي كاتالونيا». كم أتمنى أن أزين يدي بوشم مثله! فكرة سيئة، أمي ستقتلني بالتأكيد! ناديت النادل بخجل، وأثنيت على وشمه. سألني إذا كنت أريد الحصول على واحد أيضًا. أومأت بالموافقة بحماس مبالغ فيه جعله يضحك عاليًا. تناول ورقة حساب قديم وأخذ يرسم خريطة للشوارع المحيطة، ثم أشار إلى محل الوشوم:

ـ «سبايسي تاتوز»، اذهبي وقولي لهم إنكِ صديقة «فريدريكو».
هذا اسمي بالمناسبة!

أتذكر مهاتفتي لشمس، صديقي، أسأله عما سيكون رد فعل أمي عند العودة بوشم، فقال:

ـ هتبهدلك وش! بس الموضوع يستحق، باقولك إيه كلميها قوليلها وسيبيها تزعقلك وخلاص!

لحسن حظي لم تصرخ أمي في أذني في المكالمة، وهو ما لم أستوعبه حتى بعد مرور سنوات على هذا الموقف.

دخلت «سبايسي تاتوز» من دون أي أفكار لوشوم، وخرجت بتحفتي الفنية الأولى، وشم صغير رُسم على يدي بخط رفيع: «Soy diferente». كان الوشم بارزًا وساخنًا. أمرني الرجل ألا أزيح الغطاء عنه قبل ساعتين. مرت ساعة وانتزعت الغطاء سريعًا وتحسسته، بارزًا، يحمل كل حرف منه سعادة وذكرى ستستمر معي

إلى الأبد. تحسسته، وتخيلت أحفادي وهم حولي يسألونني عن حكاية هذا الوشم، وكيف تجرأت ونقشته. لمست الوشم، وتابعت كيف يلتئم وينسجم مع خلايا يدي وجسدي يومًا تلو الآخر. تابعته منذ أن كان غريبًا تائهًا خائفًا في مكان جديد، وتحسسته بعد أيام لأجده قد أصبح ملمسه واحدًا مع أجزاء جلدي الأخرى. فهمت أن هناك أشياء تلمس الجسد، وأشياء تلمس الروح، والمحظوظ هو من يفعل شيئًا أو يقابل شخصًا يلمس جسده وروحه في آن واحد.

* * *

انتهى الدرس، ودق جرس الحصة الأخيرة ليعلن الإفراج عن كل الطالبات أخيرًا.

إِليكِ يا عمتي ما تبقى من حواس لم أدركها إلا في برشلونة:

حاسة التغيير: تتكون هذه الحاسة من أربع نقاط رئيسية: الأولى هي أن تدرك أنك في حاجة إلى التغيير، والثانية هي أن تكون شجاعًا بما فيه الكفاية للإقدام على التغيير، والثالثة هي أن تحتوي هذا التغيير وتستوعبه وتفهمه وتدرك أنه جزء أساسي في الحياة، أما الرابعة فهم من يتمسكون بك على الرغم من التغيير ومن يتساقطون بعده.

عُدت من برشلونة مختلفة تمامًا. كانت هذه الرحلة نواة لشخصيتي الجديدة، وأنا ممتنة لظهورها وتبلورها. أتذكر شمس عندما قال لي:

ـ وأنا باوصلك المطار وإنتِ مسافرة وباحضنك بابقى عارف إني باحضن مِيرنا اللي مش هترجع هي هي، كأني باحضن حضن الوداع، وبابقى مستني أستقبل الجديدة.

حاسة السعادة: تعتمد هذه الحاسة على مفهوم إمكانية إدراك

٢٥

السعادة في الأشياء البسيطة مثلما تتجلى في الأشياء العظيمة، مثل كلمات الإطراء من «خوان كارلوس» صاحب مطعم «الباييَّا» بجانب كنيسة «ساجرادا فاميليا»، مثل السير في شوارع برشلونة بالساعات من دون كلل أو ملل مع ابتسامة تعلو وجهي طول الوقت، مثل «المقاهي المختبئة» التي تحتضنها الأشجار وتعلو فيها أصوات الجيتار الإسبانية ولا تقدم سوى البيرة والقهوة.

في الليلة الأخيرة لي في برشلونة، خرجت من «الهارد روك كافيه» بـ«بلاسا دي كاتالونيا» وأنا منتشية من فرط السعادة. كانت هناك أمسية غنائية لفرقة شبابية إسبانية. اتجهت إلى الميدان مباشرة، ثم تمددت على الأرض، ونظرت إلى السماء وظُلمتها، والنجوم ولمعانها، وابتسامتي التي ظلت تتسع تدريجيًّا. تمددت وتذكرت بوستر الفيلم الذي أهداني إياه أدهم، وتمنيت لو كان موجودًا هنا في هذه اللحظة مستلقيًا بجانبي، فنشاهد النجوم وتتشابك أيدينا مثلما تتشابك مشاعري كلما التقيته.

عدت إلى القاهرة بحكايات الكون كله، أعيدها مرارًا وتكرارًا على كل من أقابله، وعلى أدهم الذي كان متحمسًا لسماعها ولرؤية الوشم الذي زين يدي.

ظلت علاقتنا مبهمة، غير مفهومة وغير واضحة المعالم، ولم نبذل جهدًا لإيضاحها، الأهم أننا مستمتعون. كنت خائفة من جانبي أنا، أخاف من خسارته، من الشعور بضعف الإحساس بالحب والغرق فيه.

تعقدت العلاقة أكثر عند عودته للعمل في الإسكندرية. توقفت مقابلاتنا الليلية اليومية، واستبدلنا بها رسائل عبر الهاتف لساعات.

ظلت هذه الرسائل تخفت لسبب ما، ربما لانشغالي بالعمل، ربما لانخراطي في حياة القاهرة أكثر من اللازم، ربما لعلاقاته المتعددة التي جرحت قلبي في صمت. لم أكن أريد أن أصبح واحدة من الأخريات على قائمته الطويلة، ولم أكن أقوى على تحمل خسارته كصديق، ولم أرد البوح بمشاعر كنت أصر أنها ستختفي مع الوقت ومع الأيام ومع انشغالي بالعمل.

تزايد خفوت الرسائل حتى أصبحت شهرية للسؤال عن الأحوال، لكن ما ميَّز هذه الرسائل هو أن أدهم في كل مرَّة كان يجيب بالحماس نفسه، كما لو أننا انتهينا للتو من مقابلة. لم يشعرني بأنه غريب، ولكنني أجبرت نفسي على الشعور بأنه أصبح غريبًا عني. كان ما يميز أدهم أنه لم يحدث أن توقف يومًا عن الاستجابة أو الرد على رسائلي، كان موجودًا دائمًا كملاك حارس.

ترانزيت بطعم العائلة

جلست في صالون بيت شمس، أنتظره ليتهي من ارتداء ملابسه والاستعداد للخروج. يتأخر كعادته ويتركني أزفر الهواء ضجرًا. جلست في هدوء وصمت حتى خرجت والدته لتؤنس لتؤنس وحدتي كي لا أمل.

طنط «بوبيتسا» اليونانية الجميلة، خفيفة المجلس والظل، تستقبلني بحفاوة كعادتها، وبنكاتها اللذيذة وحكاياتها المشوقة دائمًا. تذكرت المرَّة الأولى التي تقابلنا فيها، وأحضانها الدافئة التي جعلتني أشعر كما لو أنها أمي الثانية. تُبدي نصائح تجعلني أشعر بأن الحياة أبسط مما يبدو وأقل وحشية مما في ذهني. وعلى الرغم من عدم زيارتي لليونان حتى هذه اللحظة إلا أن طنط «بوبيتسا» وما حدث في مطار إسطنبول جعلاني متشوقة إلى هذه الزيارة التي أنتظرها بفارغ الصبر.

✻ ✻ ✻

تنبهت هذه المرَّة إلى كل أخطاء الترانزيت التي يقع فيها الناس

عادة: لن أسرح مع الوقت، لن أغفو، لن أجعل أي شيء يشتت تفكيري عن موعد طائرتي المتجهة إلى القاهرة بعد أسبوع قضيته في مدريد. سألحق برحلتي القادمة، وبذلك لن أقضي في مطار إسطنبول الذي أكرهه أكثر من ساعة، وسأنشغل فيها بالبحث عن البوابة في هذا الصرح العظيم الذي يطلقون عليه مطارًا.

انهمكت في مشاهدة فيلم على الطائرة أملًا في إضاعة بعض الوقت المتبقي. رنت في أذنيَّ رسالة من كابتن الطائرة يعلن فيها تأخرنا عن موعد الهبوط بـ٤٠ دقيقة كاملة! هرج ومرج على الطائرة، والمضيفات يحاولن تهدئة المسافرين. ٤٠ دقيقة تعني أن ٥ دقائق فقط هي الوقت الذي سيتبقى لي للهبوط من هذه الرحلة والدخول إلى المطار للحاق برحلتي التالية! كلما شعرت أنني أملك زمام الأمور رمتني الحياة بصفعة تجعلني أستفيق من هذا الكِبر، كأنها تصيح فيَّ وتنبهني بأنني لا شيء على الإطلاق، وأنه مهما اتخذت احتياطاتي وتنبهت لكل ما يحدث من حولي فإنها أكبر وأقوى مني كثيرًا، وتقف لتغيظني وهي تقول: «وريني بقى شطارتك وحداقتك!».

هرج ومرج على الطائرة، تبعته ابتسامات صفراء لزجة وباردة من مضيفات الطيران متأسفات على هذا التأخير غير المقصود بسبب الأحوال الجوية. هبطت من الطائرة وأنا أحمل حقيبة ظهري وحقيبة يدي ومعطفًا ثقيلًا جدًّا، وكنت قد ارتديت الحذاء الأكثر ثقلًا أيضًا كي لا أضيف وزنًا زائدًا على الوزن الزائد أصلًا في حقيبة سفري الكبيرة. ركضت بأقصى ما يمكنني من سرعة، ولكن هيهات، تأخرت طائرات كثيرة، وساد الهلع والفزع في المطار كله. الكل يركض

حولي، مما أصابني بتوتر فوق توتري. وصلت إلى بوابة رحلتي ولكن بعد ٢٠ دقيقة من إقلاع الطائرة. والطائرة القادمة؟ «بعد ما لا يقل عن ٨ ساعات يا حلوة!».

أعترف الآن بكل شجاعة أنني انهمرت في البكاء، سرت في المطار بحثًا عن مقهى يؤويني ودموعي تنهمر، عالقة في هذا المكان لوقت طويل جدًّا، اشتقت إلى أمي، وحيدة ومحملة بحقائب تعوق حركتي، لا يوجد إنترنت للتواصل مع أي شخص. كانت هذه هي المرَّة الأولى التي أسافر فيها وحيدة تمامًا من دون وجود أي شخص يمكن أن أذهب إليه أو أهاتفه. على الرغم من رحلات عمل مع بعض الأشخاص المصريين المقيتين، لكنني كنت أشعر بالأمان لأنني في حالة حدوث أي مشكلة سأتصل بأي منهم لإنقاذي.

في هذه اللحظات، ووسط انهمار دموعي، أدركت معنى المسؤولية الشخصية للمرَّة الأولى؛ أن تكون مجبرًا على الاهتمام بنفسك، وحل مشاكلك، وتصفية ذهنك، من دون أي مساعدات خارجية أو نصائح أو اقتراحات من أي شخص. اتسعت مساحة المطار من حولي، وشعرت أنني ضئيلة جدًّا وسط عالم واسع ليس له حدود.

وسط كل هذه الأفكار الكئيبة، اقتربت مني سيدة عجوز، وسألتني بإنجليزية ضعيفة:

ـ بتعيطي ليه؟ إوعي تكوني بتعيطي عشان خاطر راجل!

ابتسمتُ وضحكَت هي، حكيت لها عن سبب بكائي، ولم أكمل حديثي حتى قاطعتني بالإنجليزية الضعيفة نفسها:

ـ إنتِ عبيطة؟ بتعيطي عشان الطيارة فاتتك؟!

لم أكن في حالة تسمح لي بمناقشتها وشرح أن سبب بكائي أعمق من فكرة تأخري عن موعد طائرة، ولكنني ضحكت من رد فعلها. أمسكت بيدي وعرفتني على صاحباتها، وهن سيدات عجائز وفتاة واحدة. عرفتني بأنني صديقة جديدة ستشاركهن مأساة تغيير مواعيد الطائرات.

جلست معهن بخجل وهدوء حتى أمسكت السيدة مرَّة أخرى بيدي ورفعتها عاليًا في الهواء، ثم قالت:

ـ إنتِ رفيعة كده ليه؟! مش بيخلوكِ تاكلي في البيت؟!

استدعت النادل وطلبت لي كيكة شوكولا حتى أستعيد «صحتي الضائعة» على حد قولها.

ذكرتني بجدتي وحديثها الدائم عن صحتي ووزني. شعرت بدفء يتسلل إلى جسدي ويجفف دموعي. حكاية هؤلاء السيدات عجيبة جدًا، جميعهن يونانيات الجنسية، ويسكنَّ في مدينة صغيرة في اليونان، ولكن لا يعرفن بعضهن، وتعارفن في المطار في هوجة تأخر الرحلات، وجميعهن في طريقهن إلى نيويورك لزيارة مرضى! سيدة تزور زوجها، وثانية تزور شقيقها، وثالثة تتعالج هي شخصيًّا هناك، ورابعة في زيارة إلى شقيقتها التي تمر بوعكة صحية. كنَّ يضحكن بهستيريا بسبب قلة النوم، وبسبب الظروف التي جمعتهن. استأذنت من صديقتي العجوز لكي أدخن سيجارة في قفص المدخنين، إلا أنها رفضت. يا إلهي! جدتي فعلًا بشحمها ولحمها! رفضت السيدة رفضًا مطلقًا أن أخرج لتدخين سيجارة، مُرجعةً قلة وزني وصفار وجهي إلى التدخين.

امتثلت لرغبتها وأجلت السيجارة لوقت آخر، حتى قررت واحدة

منهن ـ أصغرهن سنًّا ـ أن تدعوني للتجول قليلًا في المطار، وغمزت لي وأشارت بعلبة سجائرها في الخفاء. صعدنا إلى قفص المدخنين، وبدأنا في التدخين، ثم ابتسمت قائلة:

ـ إوعي تزعلي منها، هي خايفة عليكِ زي ما بتخاف عليَّ، على الرغم إننا ما نعرفش بعض!

أوضحت لها أنني لم أنزعج منها على الإطلاق لسبب لا أعرفه، ربما لأنها عوضتني عن اشتياقي إلى أمي وإلى العودة إلى المنزل، وربما لأنها انتشلتني من وحدة لم أكن أعرف كيفية التعامل معها بعد.

مرت ثلاث ساعات تقريبًا، وأنا جالسة مع هؤلاء السيدات العظيمات اللاتي أغرقنني بالطعام والشراب والحلويات. وشعرنا جميعًا برغبة قوية في النوم، فانتقلنا إلى مكان آخر يفترشه العديد من المسافرين للنوم والراحة. استخدمت إحدى حقائبي كوسادة، وما كدت أستغرق في النوم حتى أيقظتني صديقتي العجوز لتجعل من ساقيها وسادة لي. استسلمت لها، وقالت لي ضاحكة:

ـ المخدة بتاعتي دي أريح، شفتِ بقى أنا باكل ليه كتير؟

ثم ربتت على رأسي بحنان، واستغرقت في النوم لمدة ساعتين تقريبًا.

استيقظت على صوت النداء الأول لطائرتي، ووجدتهن ما زلن مستغرقات في النوم. اشتريت لي ولهن قهوة وشوكولا، وضعتها بجانبهن بخفة وهدوء خوفًا من إيقاظهن، ثم نظرت إلى طابور جوازات رحلتي المزدحم جدًّا على مرمى بصري ورحلت. أعتقد أن هؤلاء السيدات سيتذكرن دائمًا الفتاة المصرية اللطيفة

التي اختفت أثناء النوم، ووجدن بدلًا منها قهوة وشوكولا. علاقة عابرة سلسة تخلو من مجاملات وأحضان مفتعلة أو حتى أحضان حقيقية، لا مكان للدراما أو تحميلها أكثر مما تحتمل.

كان أدهم هو من علمني هذا النوع من العلاقات بطريقة غير مباشرة، فعلاقتنا على مدار السنتين الماضيتين كانت سلسة ومختلفة وخالية من الدراما، قد يكون هذا هو سر استمرارها حتى الآن، لأننا ندرك أبعادها جيدًا، بل الأدهى أننا نعرف أبعادنا جيدًا. كان ما يميز أدهم أنه موجود دائمًا، وكلما قرر الابتعاد والاختفاء المعتاد، ترك مكانه قهوة وشوكولا بشكل معنوي، على شكل متابعة لمقالة من مقالاتي الأسبوعية، أو رسالة مفاجئة لي، أو نكتة من نكاته التي تستطيع أن تُعلي من ضحكاتي ليسمعها الجميع. أيًّا كان الشكل الذي يترك به أثرًا قبل اختفائه، إلا أنه مُر مثل القهوة وحلو مثل الشوكولا.

* * *

انتهى شمس أخيرًا بعد ساعة كاملة من الاستعداد للنزول، وودعتنا طنط «بوبيتسا» بالضحكات والمزحات والقبلات، وأصرت على إعطاء كلٍّ منا قطعتين من البسكويت الحلو لنتناولهما في الطريق.

ما إن أغلقت والدته باب البيت، وقبل أن ندخل المصعد، حتى التفت إليَّ شمس وقال في حماس:

ـ احكيلي كل اللي حصل في مدريد!

ـ حصل حاجات كتير محتاجة قعدة من قعداتنا.

ـ فيه جديد مع محمد؟

ـ آه، فيه قرف!

٣٤

أفلتت من شمس ضحكة عالية على الرغم من جدية كلامي. دخلنا المصعد، ولم أستطع الانتظار حتى الوصول إلى أي مقهى وتناول قهوتنا. بدأت أحكي له كل ما حدث سواء في مدريد أو بعد عودتي منها إلى القاهرة.

<h1 style="text-align:center">ستريبر مدريد</h1>

مدريد ٢٠١٤

عند عودتي إلى القاهرة من ترانزيت إسطنبول ومدريد، كان في انتظاري محمد. تعرفت عليه في أواخر عام ٢٠١٣. زاد تقاربنا يومًا بعد يوم على الرغم من الاختلاف الجذري في شخصيتينا. أوهمنا أنفسنا أن الاختلاف هو أساس أي علاقة، فما فائدة تبادل الأفكار والأحلام والطموحات نفسها؟ بل الأحلى أن نتبادل آراء مختلفة وأحلامًا مختلفة وطموحات بالتأكيد مختلفة هي الأخرى. الأهم من كل هذا الاختلاف أن محمد كان موجودًا، جسديًا وأحيانًا معنويًا. كنا نذهب هنا وهناك، وعلى الرغم من ملل الأماكن التي كنا نرتادها فإنني كنت في حاجة إلى وجود شخص في حياتي يعيرني اهتمامًا وأعيره بعض المشاعر الرقيقة التي نسيتها وسط الانشغال في زحام العمل.

كانت علاقتي بمحمد متوترة أثناء وجودي في مدريد. كان يتوتر في البعد عامةً، وأنا على العكس تمامًا أرى أن البعد مريح وصحي

لأي علاقة. يشعر دائمًا بأنني سأهرب ولن أعود، أو أختفي تمامًا من حياته، وعلى الرغم من أنني دائمًا موجودة إلا أنه كان يشعر بأنني لست موجودة كليًا. شيء ما كان ينقص هذه العلاقة، وبررت هذا الشيء الناقص بأنه خوف من الوقوع في الحب أو التعلق أو الارتباط.

كانت تبدو عليه اللهفة لسماع الحكايات والصور. جزء مني كان يشعر بأن هذا الحماس مزيف. كان متحمسًا فقط لسماع ما يريد سماعه: أنني اشتقت إليه هناك، وأنني كلما زرت مكانًا في مدريد تمنيت لو كان موجودًا معي... والحكايات الحقيقية لا يريد سماعها، ولكنه سمعها على كل حال، مثل هذه الحكاية.

* * *

الليلة الثالثة في مدريد لم تكن لتمضي هباءً مثل سابقتيها من الليالي. لا أنفي أن اليومين الماضيين كانا مفعمين بالأحداث والاستمتاع والأنشطة المختلفة، خصوصًا أنها المرَّة الأولى لي أنا وإنجي في هذه المدينة التي استطاعت أن تفرض مكانتها في قلبينا، لكنها كانت أنشطة «عواجيزي»، كالاستيقاظ في الثامنة صباحًا لنبدأ جولتنا في المدينة، ثم العودة إلى الفندق في التاسعة مساءً، منتشيتين ذهنيًا ومجهدتين جسديًا، على أمل أن نحصل على قسط بسيط من الراحة لنبدأ سهرتنا. لكن هذا الأمل يتبدد سريعًا مع أول نظرة نلقيها على الفراش المريح الباسط وساداته إلينا ليحتضننا فنغط في النوم ولا يوقظنا إلا ساعتنا البيولوجية في الثامنة صباحًا من اليوم التالي.

٣٨

إنجي رفيقة سفر أكثر من رائعة! سافرتُ أكثر من مرَّة قبل رحلة مدريد، وسافرت كثيرًا بعد رحلة مدريد، لكن تبقى هذه الرحلة أكثرها قربًا إلى قلبي، وقد تفهمت وقتها مبدأ الرفيق قبل الطريق، فإذا كان رفيقك «نُص كم» فمن الأفضل لك أن تسلك هذا الطريق وحدك. إنجي تشبهني في كثير من الطباع، على الأقل المجنونة منها: تحب الاستكشاف، تتحمس إلى كل ما هو جديد ويضيف الإثارة والأدرينالين، تقدر ارتكاب الحماقات وتعتز بها؛ لأن الحماقات في النهاية هي التي تصنع اللحظات الحلوة التي لا تُنسى، لا تخاف، لا تهاب ما هو غير معلوم؛ فقد تُهنا في اليوم الماضي ونحن نسير على أقدامنا على الطريق السريع في مدريد، حيث لا توجد مواصلات عامة من أي نوع، ولا نعرف أي شخص قد ينقذنا، وعلى الرغم من ذلك لم نترك إحساس الهلع يتملكنا، واستمتعنا بكل لحظة من التوهان والخوف من هذا الطريق الذي لا ينتهي أبدًا. كانت متعة البحث عن كل ما هو جديد، وإدمان دفعة الأدرينالين في جسدينا، هما ما يقوداننا.

كانت هذه هي الليلة الأخيرة لإنجي في مدريد، وتستكمل بعدها جولتها لتذهب في صباح اليوم التالي إلى مدينة برشلونة، وكنت قد قررت أن أبقى في مدريد ليومين إضافيين، لهذا كانت هذه الليلة خاصة لنا، ولم نرد أن تنتهي نهاية كل يوم، بل أردنا أن نكلل هذه الرحلة بنهاية جامحة تليق بالأوقات الممتعة التي قضيناها هنا معًا. نظرت إليَّ إنجي على العشاء لثوانٍ، ثم همست لي حتى لا يستمع أحد إلينا من المجموعة التي نرافقها:

ـ تيجي نروح «ستريب كلوب»؟

لمعت عيناي بالموافقة على الفور، ولم ينتهِ سؤالها وإيماءتي بالموافقة حتى هبط علينا تامر من السماء ليعلن حماسه للفكرة.

نظرت إليه باستغراب:

ـ وماله يا حبيبي طبعًا، اتفضل تعال اشرب شاي معانا!

تامر تربطه صلة قرابة بعيدة بإنجي، وهو شاب في أواخر العشرينيات، لطيف ومهندم ودبلوماسي طوال الوقت، إلا أنه ينهار تحت الضغط، أي نوع من أنواع الضغط يتحول وقتها إلى شخص آخر هش الانفعالات وردود الأفعال. كنا نستمتع أنا وإنجي باختلاق المواقف التي تضع تامر تحت ضغط، فنرى شخصيته الحقيقية، ونضحك ونضحك ثم نعتذر له لاحقًا، والحقيقة أن طيبته جعلته يتقبل هذا المزاح من دون غضاضة.

اتجهنا إلى وسط العاصمة الإسبانية، الساعة تشير إلى الحادية عشرة ليلًا، والهدوء يسود الشوارع المحيطة بنا من كل اتجاه. لم نعلم وجهتنا، ولسبب لا يعلمه إلا الله حتى يومنا هذا لم نستخدم جوجل لإرشادنا إلى «ستريب كلوب» معين. أخذنا نتسكع ببطء في الشوارع على أمل أن نجد وجهتنا المنشودة غير المعلومة، ثم استوقفنا مدخل «كلوب» كنا قد أخذنا «الفلايرز» الخاصة به من أحد الشباب منذ قليل، «تشيلسي كلوب»!

مدخل صغير جدًّا يكاد لا يلحظه أحد، وتضيء اللافتة الزرقاء الخاصة به على استحياء، ولا يوجد أحد يقف عند المدخل على الإطلاق. ثوانٍ قليلة ثم خرجت سيدة في أواخر الخمسينيات تقريبًا،

تتحدث لنا بالإنجليزية الركيكة. طلبنا الدخول، وقد أصرت إنجي على إخبارها أننا صديقتا تامر المقربتان، وجئنا لنحتفل بوداع عزوبيته، وإلا فلماذا تريد فتاتان دخول «ستريب كلوب» تتعرَّى فيه السيدات؟!

لا أعرف شخصيًّا إجابة محددة لهذا السؤال. قال لي صديق مرَّة إن الفضول هو سر كل الأشياء في الحياة، وكل مرَّة تقوم فيها بإشباع فضولك، تتزايد شهوة فضولك أكثر فأكثر، كما لو كنت تحفر في رمال المحيط، لن ينتهي ولن يتوقف إلا بقرار منك أنت، أما إذا كان على ما يقدمه لك فضولك فلديه من الأصناف ما لا يُعد ولا يُحصى ولو قضيت عمرك كله تتناولها.

وبالنشأة الشرقية التي فرضت نفسها على شخصيتي بطبيعة الحياة والتربية والنضوج في مصر، كانت فكرة الذهاب إلى نادي تعرٍّ، وحتى التعرِّي نفسه، تُشكِّل صراعًا نفسيًّا لا ينتهي، فقد نشأنا على أن الجسد له حرمته بحكم الدِّين والمجتمع والعادات والتقاليد، ويبقى الجسد دائمًا في مجتمعاتنا العربية حصنًا منيعًا لا يستطيع أحد اختراقه أو المساس به وبقواعد استخدامه، بينما نحن، أنا وإنجي، قررنا التمرد على العادات والتقاليد، والتفكير بتحرر، والانفتاح على العالم وعلى الآخر، وتقبل اختلاف التفكير وأسلوب الحياة، ولكننا في النهاية عالقتان في منطقة رمادية لا نستطيع فهمها أو التعامل معها، منطقة مرهقة لعقلك وأفكارك ومشاعرك، وها أنا في طريقي لإرباك كل ما تشكَّل عليه ذهني منذ الصغر.

أعتقد أن متعرِّيات الجسد قد طرحن أرضًا كل الحواجز والموانع

والتعقيدات، ولم يعد لديهن ما يخفن فقده أو التخلي عنه. وفي بعض
كتب علم النفس التي قرأتها أتذكر حلمًا معينًا يتكرر عند كثير من
البشر حول العالم، وتكرر بالفعل عند بعض من أصدقائي ويصفونه
بالكابوس. في هذا الكابوس يظهر صاحب الحلم عاريًا تمامًا أمام
جموع كبيرة من الناس، يحاول إخفاء عورته على الأقل، ولكنه
يفشل، ويرى الناس تجحظ أعينهم على جسده وتنهشه بالنظرات،
فيحاول الهروب والركض بعيدًا، ولكن كلما ركض تزايدت جموع
الناس وزاد هلعه وخوفه.

دخلنا «الكلوب»، وكان المسرح الصغير خاليًا من أي متعرِّيات،
والموسيقى خافتة، ولم يكن في المكان غير ثلاثتنا وعجوز ستيني
يحتسي الشمبانيا على طاولة صغيرة. أدركنا أننا بكَّرنا بالمجيء، وأن
السهرة لن تبدأ قبل الواحدة صباحًا. جلسنا في ملل وقد خابت آمالنا.
ولم تمضِ أكثر من عشر دقائق حتى جاءت فتاتان، أو بالأحرى سيدتان
عاملتان بـ«الستريب كلوب»، لتنضما إلينا على الطاولة: الأولى شقراء
وتُدعى «باربرا»، والثانية ملامحها صينية ولا أتذكر اسمها. لا أعلم
السبب الذي جعلني أشعر بعدم الراحة لوجودهما على الطاولة، ربما
بسبب نظرات تامر الملهوفة على جسديهما، والتي جعلتني أتأكد أنني
أنا وإنجي سنواجه مهزلة مع مُضي الوقت.

أدركت الفتاة الصينية أن تامر هو زبونها «السُّقع»، فجلست
بجانبه، وقررت أن تتجاهلنا تمامًا، وظلت تتهامس هي وتامر طوال
الوقت. أما «باربرا» فكانت روحها خفيفة جدًّا، على الرغم من
«الوش الجبس» الذي ظل عالقًا على وجهي أنا وإنجي في البداية

نظرًا لغرابة الموقف، ولكنها استطاعت أن تلفت انتباهنا مع الوقت أو على الأقل انتباهي أنا.

ما الذي يجعلك تنفر من شخص ما وتأنس إلى مجالسة آخر؟ ما الذي يجعلك تتقبل فعلًا من شخص ما لا تتقبله من آخر؟ إنها الذبذبات، أو كما تُعرف «فايبز». كانت الذبذبات الخاصة بـ«باربرا» مختلفة تمامًا عن نظيرتها الصينية، وأدركَت الأخيرة أنني أنا وإنجي لن ننفعها بخير أو بشر، ولهذا تمسكت بتامر الملهوف، وهذا ما لم أمانعه بالطبع، فهي تقوم بعملها على أكمل وجه ولا يجب أن تُلام على ذلك. والحقيقة أنه كان من المسلي رؤية تامر ينهار تحت هذا النوع من أنواع الضغط النفسي.

أما «باربرا» فكانت ابتسامتها تُشع طاقةً، حتى إنها استطاعت أن ترسم البسمة على وجهي، وتجعلني أتفاعل معها، خصوصًا مع زيها الأحمر الذي يصرخ بالحياة والانطلاق. وجدتنا «باربرا» صامتتين، فطرحت علينا اقتراح الرقص الشرقي بعد أن علمت أننا مصريتان، فالمكان خالٍ تمامًا ولن تبدأ السهرة قبل ساعة على الأقل. لفت انتباهي اقتراحها الذكي لكسر الارتباك الذي تملكنا أنا وإنجي منذ دخولنا «الكلوب». تعالت أغاني حكيم في «الستريب كلوب» الإسباني، ورقصنا على المسرح أنا وإنجي، وظلت «باربرا» تلتقط لنا الصور المهزوزة.

انتهينا من الرقص، وكانت الضحكات تتعالى منا جميعًا، بمن فينا تامر الذي أصر على مشاركتنا فقرة الرقص الشرقي ليعود سريعًا إلى الفتاة الصينية التي لم ترحب كثيرًا بطريقة «باربرا» اللطيفة في التعامل

معنا. وكنت متفهمة لموقفها، فعملهن يقتصر على جمع أكبر قدر من المال من الزبائن، وها هي «باربرا» تنسى دورها ووظيفتها وتتجاذب الأحاديث مع فتاتين لا فائدة منهما.

انتهت فقرة الرقص الشرقي ولا يزال المكان خاليًا، فقامت «باربرا» تعرض لنا قدراتها في الرقص على العمود بساقيها الطويلتين، بعد أن فشلت في مجاراتنا في الرقص الشرقي. جاء دور إنجي لتقليدها، فبرعت إنجي أيضًا في مجاراتها، وذلك لأنها تتدرب على الـ«pole dancing» في مصر من منطلق المرونة واللياقة. شعرت بالغيرة للحظات من قدرة إنجي على إبهار «باربرا» بحركاتها، وشعرت «باربرا» بدور المتفرجة الذي أتقنته فعلمتني الحركات شيئًا فشيئًا.

كانت «باربرا» ممتعة وجميلة الروح قبل الجسد، وبدت كما لو أنها كانت تنتظر هذا النوع من التواصل الإنساني.

جلسنا، ولم تكن السهرة قد بدأت بعدُ، وبدأت علاقة تامر والفتاة الصينية تأخذ منحنى آخر لم نُرد أن نراه أو نتابعه، وكان تامر في عالم مواز لنا، ولم يعد يهتم بوجودي أنا وإنجي على الإطلاق، ولم يكن من المريح بتاتًا الجلوس بجانبهما وهما يفعلان ما يفعلانه.

أطلقت «باربرا» ضحكة عالية عندما لاحظت ارتباكنا من هذا المشهد، ثم سألتنا:

ـ تحبوا نشرب سيجارة؟

حتى لو لم نكن نريد التدخين، كان ترك هذه الطاولة أمرًا لا بد منه، حتى يستطيع تامر استعادة رباطة جأشه أو على الأقل غلق بنطاله وقميصه!

التدخين في الأماكن المغلقة في أوروبا ممنوع طبعًا. أمسكنا بمعاطفنا أنا وإنجي، إلا أن «باربرا» سرعان ما طلبت منا تركها لأنها ستذهب بنا من خلال هذا الباب الخلفي إلى مكان سرِّي يمكن فيه تدخين السجائر، وهو خاص بالعاملات فقط.

جلسنا نحن الثلاث على الدرج ندخن السجائر، ثم استطردت «باربرا» في الحديث عن طبيعة عملها، وتوقعتُ أن تقدم الكليشيه التقليدي بلعن عملها، والحكي عن الظروف السيئة التي اضطرتها إليه، ولكنها كانت تحب ما تفعل، وأكدت على هذه النقطة في كل كلامها معنا، فهي ترى ما تفعله على المسرح نوعًا من أنواع الفن، وتتعلم حركات جديدة كل فترة لتؤديها على المسرح، وتتفنن في اختيار ملابسها التي تخلعها لاحقًا في خلال العرض، ولها مُطلق الحرية في رفض زبون والقبول بآخر، وترى أن الكثيرين يرفضون مهنتها، ويقللون من شأنها، وهذا ما يدفعها، هي وزميلاتها، إلى استخدام أسماء مستعارة.

ـ ما الرقص الشرقي فن، والباليه فن، والتانجو فن وكله سخونة وإثارة، والباليه معظم حركاته هي الحركات اللي بنأديها على المسرح. بس عارفين الناس بتقول إنها ما بتحبش فننا ليه؟ علشان واضح وصريح وجايب من الآخر، مفيهوش ادعاء وتجمل بتحريك المشاعر والأحاسيس الرقيقة، مع إننا بنحرك أحاسيس برضه، صحيح مش رقيقة، هاهاها، بس اسمها أحاسيس في الآخر!

كانت هذه الكلمات هي سر وقوعي في حب «باربرا». واضحة

وصريحة وجميلة وعفوية وصادقة أيضًا. فتحت الهاتف المحمول الخاص بها لترينا منزلها الصغير الذي أصرت على وجود حديقة صغيرة ملحقة به لأنها تحب المساحات الخضراء، وحتى يتمكن طفلها الصغير من الاستمتاع بأوقات اللعب. والدها رجل في الستين من عمره، يقوم برعاية أبنائها في فترات عملها. لا تعمل «باربرا» متعرِّية فقط، بل تعمل أيضًا موظفة استقبال في فندق ثلاث نجوم. ثم لفت انتباهي صورة للوحة فنية مليئة بالألوان في الجاليري الخاص بهاتفها، فسألتها في فضول:

ـ ده إنتِ اللي راسمة ده؟

ردت في حماس:

ـ لا، دي بنتي الكبيرة، موهوبة جدًّا في الرسم. كنت بارسم زيها وأنا صغيرة بس نسيت الكلام ده من زمان. بافرح أوي لما باشوفها بترسم، باحس إنها بتكمل جزء راح مني. أنا اسمي الحقيقي «كارمن» على فكرة.

ابتسمت عند معرفتي اسمها الحقيقي. كانت «باربرا» أيضًا تشعر بالذبذبات الصادقة التي نتبادلها، كما لو أنها تقول لنا رسميًّا إننا لسنا مجرد زبائن، بل صديقتان أحبت التواصل الإنساني معهما حتى لو لم نتقابل مرَّة أخرى، أو على الأقل هذا ما شعرت به أنا طوال جلستنا معًا على الدرج الذي يعج بالمتعرِّيات ذهابًا وإيابًا يتبادلن الضحكات معنا ومعها.

حان وقت بداية عرض السهرة. عدنا إلى القاعة التي امتلأت بالزبائن والعاملات. لم يكن تامر موجودًا، مما دفعنا للقلق قليلًا،

لكن هذا الشعور انتهى عندما شاهدناه يخرج متعثرًا من باب ما ويقوم بإدخال قميصه وترتيب هندامه، وعلى وجهه ارتسمت ابتسامة مرتبكة. قال:

ـ وحشتوني والله!

فقالت إنجي بنبرة متهكمة:

ـ لا ما يهمكش، طالما إنت مبسوط إحنا كمان مبسوطين يا تامر! اقعد بقى ولم الدور!

جلسنا في انتظار العرض، ثم بدأت الفتاة الصينية في التعرِّي، وهي تنظر إلينا أنا وإنجي شزرًا. نظرنا إلى تامر الذي أخذ يصفق لها بحماس صارخًا:

ـ هايلة! هايلة!

فقالت له إنجي ضاحكة:

ـ دي مش مسابقة ملكة جمال الشاطئ يا تامر! فيه إيه؟!

دخلت بعدها «باربرا» على المسرح، وعلت وجهها ابتسامة عند رؤيتنا، وأخذت تتمايل على العمود حتى جاء وقت اختيار زبون ليجلس معها على المسرح، فطلبت مني أنا وإنجي أن نختار. وقع اختيارنا على العجوز الستيني الذي كانت عيناه تجحظان مع بدء تعرِّي «باربرا» من ملابسها، والذي انتظر طويلًا حتى يبدأ العرض.

مع صعود العجوز على المسرح شعرت أن «كارمن» لم تعد موجودة. تحولت «كارمن» إلى «باربرا المتعرِّية»، واختفت الذبذبات التي كنا نتواصل بها معها. تتجرد «باربرا» على المسرح من كل شيء، من المشاعر، ومن الابتسامات الصادقة، حتى تستطيع أن تؤدي

ما تؤديه. كانت «باربرا» متحمسة جدًّا في عرضها مع العجوز الذي كنت أشعر أنه يلفظ أنفاسه الأخيرة مع كل قطعة تخلعها «باربرا» وتلقيها بعيدًا، ولم يتمالك نفسه قبل أن تجلس «باربرا» على ساقيه عارية تمامًا، وظهر البلل واضحًا على بنطاله، فأعطته «باربرا» ملابسها الداخلية التي سقطت على المسرح بحركة استعراضية ليخفي ما يستطيع أن يخفيه. شعرت كما لو أن «باربرا» تستعرض أكثر من الطبيعي أمامي أنا وإنجي، كأنها تريد إبهارنا بما تفعله، وتريد إغاظتنا بما لن نقوى على فعله!

لم نشعر بالوقت إلا صدفة، عندما أمسكت بهاتفي وكانت الساعة تُشير إلى الثالثة صباحًا. «الكلوب» لا يغلق قبل الخامسة صباحًا، لكن أنا وإنجي قررنا العودة إلى الفندق، فأخَّرت «باربرا» ظهورها على المسرح وبدَّلت دورها مع راقصة أخرى حتى تصطحبنا إلى باب الخروج وتودعنا.

ـ هاشوفكم تاني بكره؟

ـ مش عارفين، هنحاول.

فقالت:

ـ خليكم متأكدين دايمًا إن ليكم بيت في مدريد، مفتوح ليكم في أي وقت!

ثم احتضنتني أنا وإنجي، وابتسمنا.

لم أفهم إن كان المقصود بالبيت هو «الكلوب»، أم منزلها الحقيقي، ولكني أرى أنهما لن يختلفا كثيرًا، فـ«الكلوب» هو بيت «باربرا»، والمنزل الدافئ ذو الحديقة هو بيت «كارمن».

تذكرنا تامر الذي لم يخرج معنا، فضحكت «باربرا» قائلة:
ـ لأ تامر واضح إنه هيحصلكم بعد شوية، مش دلوقتِ خالص!

* * *

لم يُبدِ محمد أي رد فعل تجاه حماسي وأنا أحكي له هذه القصة، تعابير وجهه كانت جامدة، ثم خرجت منه ضحكة ساخرة تحمل معنى: «أهذا حقًّا ما تحمستِ لفعله في مدريد؟».

ثم سألني بطريقة هجومية وعنيفة:
ـ ويا ترى بقى لما مامتك تسألك هتقوليلها إنك رُحتي «ستريب كلوب» عادي كده. وكمان معاكِ راجل؟

أجبت بانفعال وغضب:
ـ لأ، ما هو أنا ما رحتش حكيت لأمي، أنا باحكيلك إنت! بطَّل تتعامل معايا كأنك أبويا! مزود على سنك سنين عشان تبان إنك شخصية رزينة وحكيمة! ماشي يا سيدي أنا مجنونة، اعتبرني باهذي، اعتبرني باقول أي كلام، كبر دماغك وقول بكرة تعقل، لكن مفيش حد بيستقبل حد راجع من السفر بالمنظر ده أبدًا! أنا اللي غلطانة إني رجعت على القاهرة! وغلطانة إني باحكيلك حاجة!

عدت من مدريد وأنا ضجرة، كانت تنتظرني امتحانات نهاية الفصل الدراسي الأول في الجامعة بالإسكندرية، وكان ديسمبر الذي اشتد برده في آخر أيامه كفيلًا بإصابتي بالاكتئاب، لذلك لم أكن أحتمل سماع أي كلمة تستفزني أو تغضبني من محمد، يكفي أنه لم يكف عن الشجار على أتفه الأسباب طوال فترة وجودي في

٤٩

مدريد، لذلك كان آخر ما كنت في حاجة إليه هو مناقشة من مناقشاتنا عديمة الفائدة.

أنهيت الكلام بأن القصة كانت تجربة مثيرة للاهتمام ليس إلَّا، وأنني في حاجة إلى العودة إلى المنزل والحصول على قسط من الراحة والنوم.

عزيزي دييجو، كيف الحال؟

مدريد ٢٠١٤

عزيزي «دييجو»، كيف حالك؟ إنها ليلة رأس السنة، الجميع في الخارج يحتفل، وعلى الأرجح أنت أيضًا، وأنا هنا قابعة في غرفتي بسبب امتحاني غدًا. السنة الأخيرة لي في الجامعة ولا بد أن أتخرج بأي ثمن. أعتذر عن سوء خط كتابتي، فأنا لا أكتب بالقلم إلا في هذا الوقت فقط من السنة، ولكنني أذكر حديثك لي عن قيمة الكتابة باليد هذه الأيام، ولهذا قررت أن أكتب هذه الرسالة بخط اليد بدلًا من الكتابة على اللابتوب، ربما ستزيد هذه الطريقة من إدراكك لقيمة هذه الرسالة، وآمل أن يُغطي سوء خطي على ما أكتبه من كلمات، فتتعثر في فهمها وتوفر عليَّ إحراجًا وارتباكًا سأعانيه.

أعلم أننا تعاهدنا على السؤال عن بعضنا البعض يوميًّا عند رجوع كلٍّ منا إلى بلده، ولكن هذا لم يحدث من جانبي، ومن جانبك أيضًا! أحيانًا كثيرة ننكث بوعود

نعلم جيدًا أن التمسك بها لن يجدي نفعًا. سأكون كاذبة لو كتبت الآن أنني أفكر فيك يوميًّا، لأنه مع انشغالي بأصدقائي وعائلتي ومذاكرتي منذ عودتي لم يعد هناك وقت للتفكير في أي شيء آخر مضى ولن يعود، فمنذ دخولي إلى أرض مطار مدريد للحاق برحلة العودة إلى القاهرة كنت أعلم أنني أودع نفسي التي كانت في مدريد تقضي معك الأيام المعدودة هناك.

تذكرتك الآن بعد سماعي أغنية «بايلاندو» في خلفية مكالمة من صديق يحتفل في الخارج وتذكَّر أن يتمنى لي سنة جديدة سعيدة. هل ذكرت أن هذه الأغنية تذكرني بك كثيرًا وتأخذني إلى مدريد وإلى كل يوم قضيناه معًا هناك؟ هل تتمعن في التفاصيل مثلي وتتذكر المرَّة الأولى التي تقابلنا فيها في العاصمة الإسبانية؟ كانت أنغام هذه الأغنية تتعالى في كل ركن من المدينة في هذا الوقت، وكنت تائهة أبحث في الشوارع المحيطة بالفندق ـ والذي كان بالصدفة الفندق نفسه الذي تقيم فيه ـ عن محل لشراء سجائر، ولسبب ما لم أسأل أي شخص سواك في هذه الشوارع المزدحمة. هل تتذكر ابتسامتي البلهاء عند وقوع عينيَّ على ابتسامتك الساحرة، وعلى خصلات شعرك الداكنة المتلألئة على ضوء أنوار الشارع؟ عيناك الصغيرتان اللتان تغطيهما الرموش ظلتا تحدقان فيَّ، وأجبرت الزمن حولي على التوقف، وأجبرت السيارات والناس على الصمت، ولم أعد أسمع إلا دقات قلبي المتسارعة وأغنية «بايلاندو». لم أنتبه إلا على صوتك يسألني إذا كنت بخير. نعم كنت بخير، وقد أجبتُ بابتسامة بلهاء

أتذكرها الآن وأسخر من نفسي. كان محل التبغ مغلقًا، وكنت تحمل علبة سجائر عرضتها عليَّ كاملة، ولكنني رفضت رفضًا قاطعًا، فعرضت عليَّ تدخين سيجارة معك، وقبلت أنا بسلاسة، لأن هذا يعني تمضية بعض الوقت في الاستمتاع بلكنتك الإنجليزية المنمقة. كنت وحيدًا مثلي هناك، وانتهت وحدتنا بهذا اللقاء لأننا أمضينا معًا الأيام المتبقية لنا في مدريد.

كثيرًا ما كانت تأسرني فكرة الوقوع في حب أجنبي، لا أتحدث لغته ولا يتحدث لغتي، ولكننا نتلاقى في لغة مشتركة غير ملمين بها بالقدر الكافي، فتتوه مشاعرنا وأحاسيسنا في كلمات غير دقيقة كفيلة بتسريب الملل إلى علاقتنا، فينتهي كل شيء. كيف أقع في حب شخص لا يفهم «إفيهات» الأفلام؟ وعلى الأرجح لن أستطيع شرحها له! ولكن الساعات الأربع التي مرت علينا ونحن نسير في الشوارع، من دون وجهة، ومن دون أن يتوقف الحديث للحظة، جعلت قلبي يخفق كثيرًا.

أتذكر الآن وأنا أكتب هذه الكلمات وصولنا إلى الفندق. كنت ترغب في النوم أكثر من أي شيء، وكنت أنا كائنًا ليليًا لا أريد سوى البقاء معك. وعلى الرغم من النعاس الذي كسا ملامحك توقفت أمام مصعد الفندق لتطلب مني الجلوس معك في مطعم الفندق لنتناول العشاء قبل النوم. هل تعلم سر ابتسامتي وقتها ولمعان عينيَّ؟ لأنك قلت لي في أثناء سيرنا إنك تناولت العشاء بالفعل ولا يمكنك تناول أي طعام بعد الثامنة مساءً، وجلست تُقلب الطعام ولا تأكل، وتحدق

بي وأنا أتناول طعامي بشراهة غير معتادة بسبب توتري من نظراتك التي تحيطني من كل اتجاه. انتهت ليلتنا، وصعدتُ إلى الغرفة فأغلقت بابها وأنا أرقص فرحًا كالطفلة. ما لا تعلمه أني ظللت مستيقظة حتى الخامسة صباحًا أرقص على الأغاني المفضلة عندي، وأعيد أغنية «بايلاندو» مرارًا وتكرارًا. استيقظت في التاسعة صباحًا على صوت موظف الاستقبال يبلغني أنك تنتظرني في المطعم لتناول الفطور. أربعون دقيقة كاملة استغرقتها في اختيار ملابسي، وفي محاولاتي الفاشلة لإخفاء إجهاد عينيَّ وانتفاخهما بسبب قلة النوم. أعتذر عن هذا التأخير، وأعتذر عن ادعائي بأن هناك مكالمة طارئة من مصر اضطررت لاستقبالها مما استدعى تأخري عليك. بالمناسبة، البلوفر الكحلي الذي كنت ترتديه كان فاتنًا، وأظهر وسامتك أكثر. اتجه كلُّ منا لملاقاة أصدقائه، ولم نتفق على موعد جديد للقاء، ولم نتبادل حتى أرقام هواتفنا، ولكننا تقابلنا في المطعم نفسه ليلًا بغير موعد سابق. في التاسعة مساءً كنتَ هناك وكذلك أنا. فستاني الذي أعجبك في هذه الليلة كنتُ قد اشتريته خصيصًا في هذا اليوم، كنت أريد أن أبدو جميلة في حال تقابلنا بالصدفة، وها نحن على الطاولة نفسها نتناول الشراب والحديث لا ينتهي. في هذه الليلة أمسكت بيدي للمرَّة الأولى وقبَّلتها، وتركتُ أنا يدي تتشكَّل داخل يدك، وغلف الصمت جلستنا حينها. في اليوم التالي كانت ليلتنا الأخيرة في مدريد، وكانت نهاية حكايتنا القصيرة جدًّا. هل هذا ما كنت تفكر فيه وقتها مثلي؟

سألتني باقتضاب:

ـ هل أنتِ سعيدة طول الوقت؟

ـ أكيد لأ، هوَّ فيه حد بيبقى سعيد طول الوقت؟!

ـ طب هل لما بتبقي حزينة في بعض الأوقات، ده بينفي فكرة إنك كنتِ سعيدة في وقت تاني؟

ـ لا طبعًا، ده ما ينفيش ده، كون إني في وقت ما مش مبسوطة، ده ما يخلنيش أنسى إني كنت مبسوطة في وقت تاني، أوقات الانبساط دي هي اللي بتهوِّن الأوقات الحزينة. ليه؟

ـ عشان كون اتنين يحبوا بعض لمدة ٧٢ ساعة بس والحكاية تنتهي، ده ما ينفيش إن الوقت ده كان حب بجد، حتى لو مش هيشوفوا بعض تاني، ومفيش حب مطلق، الحب أنواع، فيه اللي بيعيش على طول، وفيه اللي مقدرله يفضل فترة معينة بس، لكن كلهم في الآخر حب.

ابتسمت وأمسكت بيدك أكثر.

نسيت أحاديثنا وسيرنا ونظراتنا مع أول خطوة في مطار مدريد وانشغالي بالتسجيل في الطائرة، ربما لأنني لم أكن أريد أن أفتعل دراما من ٧٢ ساعة فقط، وربما لأنني كنت مقتنعة بكل كلمة عن الحب المؤقت في هذه الليلة، ولكنني أشكرك على كل المشاعر الرقيقة التي أظهرتها لي في مدريد، وعلى فوضى معدتي قبل لقائك كل مرَّة، وعلى تسارع ضربات قلبي عند تذكرك، وعلى ارتباكي عند النظر إليك وعند كتابتي هذه الكلمات، وعلى دفء يدك على الرغم من برودة يدي، وعلى عدم إرسالك أي شيء بعد عودتنا حتى لا تتعقد علاقتنا،

وعلى تفهمك لعدم إرسالي أي شيء للسبب نفسه، وعلى هدوئك في الدخول في حياتي والخروج منها.
ميرنا التي تكتب إليك الآن ليست هي التي قابلتها في مدريد، أنا في أي بلد أختلف عني وأنا في مصر، ولكن الأكيد أن مدريد في زيارتي المقبلة سيكون لها مذاق مختلف، وأننا لو تقابلنا مرَّة أخرى في أي مكان فستجد يدي الباردة في انتظار دفء يدك مرَّة أخرى.
سنة سعيدة! احتفل بمجون، وسأظل أتذكرك كلما سمعت «بايلاندو»!
أحببتك!

ميرنا

صورت الرسالة لأرسلها إليه عبر الفيسبوك، وتذكرت تفصيلة في هذه الليلة لا يعلمها «دييجو» ولا يعلمها أحد غيري، وهي أنني في خضم مشاعرنا التي تظاهرنا بأنها تتناثر لتنشر فراشات من حولنا، كنت أمسك بهاتفي كل دقيقتين أترقب منتصف الليل بفارغ الصبر.. الليلة عيد ميلاد أدهم.

ما إن رأيت أرقام الساعة تعلن منتصف الليل بالدقيقة، حتى أمسكت بالهاتف وأرسلت رسالة إلى أدهم، تمنيت له فيها عيد ميلاد سعيدًا، وسنة جديدة يحقق فيها كل أحلامه. لم تكن الرسالة تتعدى السطر ونصف، على الرغم من وجود الكثير من السطور المحبوسة بداخلي.

انتهيت من إرسال خطاب «دييجو» عبر الفيسبوك، ثم شعرت بالسخافة.

شعرت بالسخافة لأنني أعلم أن قصتي مع «دييجو» لا تتعدى كونها حكاية شيقة ومختلفة تثبت أنني عشت مغامرة وحبًّا خاطفًا مع أجنبي.

شعرت بالسخافة لخروج كثير من الكلمات إلى شخص عابر، وخروج قليل منها إلى أدهم، الذي أفتقده كثيرًا.

وعود متناثرة

مرت امتحانات نهاية الفصل الدراسي الأول بثقل وبطء شديدين كالعادة، ثم عدت مجددًا إلى القاهرة. كلما طلبت إجازة، حتى لو كانت للاستذكار، تلاها دائمًا عدد ساعات لا ينتهي من العمل. كانت سفرياتي القليلة خارج مصر هي متنفسي الوحيد بعيدًا عن كل شيء.

على الرغم من استغراقي التام في العمل بالمجلة والانغماس فيه، فإنه كان يضيف إليَّ متعة مرور الوقت من دون الشعور به، ولذة خاصة من الرضا. كان العمل في هذه الفترة هو كل ما أملك تقديمه لنفسي وللعالم، بالإضافة إلى إثبات أشياء واهية لكل من حولي. كنت في عناد مع طواحين الهواء، أريد أن أكون شيئًا، أريد أن أفوق توقعاتي وتوقعاتهم. كنت أضغط على قدراتي الجسدية أكثر مما ينبغي لمجرد الشعور بمتعة إنهاء كتابة موضوع شيق تطلَّب بحثًا دقيقًا، أو إجراء حوار مع شخصية ملهمة. كنت أعتقد أن بإمكاني تغيير العالم بكتاباتي.

تلقيت مكالمة مقبضة في هذه الفترة من شقيقتي يارا. والدتي تمر بوعكة صحية قاسية ترتب عليها الدخول إلى المستشفى واحتجازها في الرعاية المركزة. لم تكن علاقتي بأمي مجرد علاقة بين أم وابنتها، وإنما كانت أعمق وأقرب مما قد يتصوره أي شخص.

اتجهت إلى الإسكندرية في اليوم نفسه. وصلت إلى المستشفى فوجدتها راقدة على السرير في وهن. في هذه اللحظة نسيت أحلامي في الكتابة والعمل وكل شيء، ووددت أن أُقبل قدميها وأعتذر لها عن كل لحظة غياب، وانشغالي عنها في كل أيام عملي المتواصلة.

سأبيت معها في المستشفى. نقلت كل ملابسي وأغراضي ومكثت معها. كان الليل مقبضًا في هذا المكان مع كل هذه الأجهزة التي لا تكف عن الطنين.

لم أستطع النوم مطلقًا، على الرغم من أن شمس لم يتركني إلا في ساعة متأخرة جدًّا. كلما غفوت استيقظت فزعًا لأطمئن أنها بخير. أمسكت بهاتفي، ووجدتني لا إراديًّا أتحدث إلى أدهم.

ـ إنتِ فين كده؟

ـ في المستشفى.

ـ نعم؟ ليه؟ حصل إيه؟

ـ «مامي» تعبانة. هتعمل عملية وأنا اللي بايتة معاها!

لم يجب أدهم، اختفى كالعادة.

حاولت الاستسلام للنوم. كانت محاولة ناجحة هذه المرَّة، لكن قطعها صوت طرق على باب الغرفة. اتجهت بهدوء لفتح الباب آملة ألا تستيقظ أمي من نومها.

فتحت الباب ووجدت أدهم.

نسيت الألم، ونسيت الأرق، ونسيت الحزن فجأة. كل ما أفكر فيه الآن أن ملابسي غير متناسقة، وأن شعري غير مهندم، وأنني بالطبع لم أضع نقطة ماكياج على وجهي.

لا أذكر كم مضى من الوقت ونحن جالسان في هدوء. ينظر إليَّ ويبتسم، ويهمس بحنان: «معلش».

تحسنت صحة والدتي بعد أسبوع، وتركت المستشفى، وذهبنا جميعًا معها إلى المنزل.

فقدت الرغبة في العودة إلى العمل أو الكتابة، كأن فترة مرضها كانت بمثابة إفاقة لي، فقد انشغلت كثيرًا ولم أهتم إلا بنفسي. لكن كان يجب عليَّ العودة إلى العمل.

عدت خاوية من الأفكار والإلهام.

أتذكر اليوم الذي دخل فيه الأستاذ محمد، مصحح اللغة العربية، إلى مكتبي بعد شهور من انقطاعي عن كتابة مقالاتي الأسبوعية، وقال لي:

ـ هو إنتِ بطلتِ تكتبي مقالك ليه؟

ـ مش عارفة! زهقت يمكن، أو حاسة إن باكتب ليه يعني! ولَّا أصلًا مين مهتم؟

ـ اكتبي حتى لو أنا بس اللي هاقرالك.

بعد هذه المحادثة، اتخذت هذه الجملة شعارًا لي. سأبذل قصارى جهدي في العمل مجددًا، «سأواظب على الكتابة، سأنشر كتاباتي، حتى لو قرأها شخص واحد فقط سأكون ممتنة».

عدت بكل قوة إلى العمل والكتابة مرَّة أخرى، وكأنني أسابق الزمن، لأحقق كل ما يمكن تحقيقه في فترة زمنية قصيرة.

على الرغم من كل هذا الانغماس، فإنني لم أنسَ أدهم الذي اختفى مرَّة أخرى بعد زيارة المستشفى. كلما زادت محاولاتك في تجاهل شيء أو شخص ما، ظل يقفز في ذهنك، بذكرى معينة، بقطعة ملابس ارتديتها ذات مرَّة معه، بصورة عابرة له على فيسبوك أو إنستجرام، بأغنية سمعتها معه، بكتاب كرهته معه.

ظلت الرغبة في التحدث مع أدهم تتزايد يومًا تلو الآخر، والغريب أنها كانت تتزايد كلما تزايدت الأعباء في العمل.

خرجت من العمل بعد يوم متعب وشاق، في الحادية عشرة ليلًا، أقود سيارتي في هدوء، أحب الراديو في هذا الوقت من الليل، فهو هادئ ويقدم تمامًا ما تريد سماعه.

بحركة آلية، وكأن شخصًا آخر يتحكم في تحركاتي عن بُعد، وجدت نفسي أقف بالسيارة على جانب الطريق شبه الخالي من المارة والسيارات، وأنظر أمامي في صمت. كانت قطرات المطر قد بدأت في التساقط، أطفأت الراديو، تسمَّرت، نظرت إلى الفراغ أمامي، يدي الباردة، صوت المحرك. شعرت بخفوت أصوات عقلي شيئًا فشيئًا، حتى صمتت ولم يتبقَّ منها غير صوت واحد. أخرجت هاتفي المحمول، وضغطت على واتساب، وبحثت عن اسم أدهم.

ـ على فكرة، إنت نسيت تقولي حمد الله على السلامة من السفر!

ـ والله كنت هاكلمك بعدها!

ـ كداب!

ـ والله أبدًا.. طب طنط بقت أحسن؟

ـ آه الحمد لله. عايزة أحكيلك حاجات كتير!

ـ اتبسطتِ؟

ـ أوي! وحبيت واحد كمان لمدة يومين. لقيت فارس أحلامي!

ـ مممم، هايل! لا ده إنتِ تحكيلي بقى!

كانت لديَّ الرغبة دائمًا في إغاظة أدهم، حتى لو بقصة عابرة مثل قصة «دييجو»، فقط لأثبت لنفسي وله بطريقة غير مباشرة أن الحياة ليست متوقفة عليه: لستُ أفكر فيك إلى هذا الحد، لستَ مهمًّا إلى هذه الدرجة على فكرة، أنا أيضًا لديَّ مغامرات عاطفية.. وأفتقدك!

حكيت له عن «دييجو»، وعن هواء مدريد المنعش في ديسمبر، وعن عدد الساعات التي قضيتها في التجول، وعن سعادتي وأنا خارج مصر، وعن الفندق الذي مكثت فيه، وتفاصيله، وعن ابتسامتي عندما وجدت رسالة مطبوعة على شماعات الملابس الخاصة بالفندق في الغرفة: «ستبدين مذهلة عندما ترتدين هذه القطعة!»، وأخيرًا حكيت له عن «الستريب كلوب» و«كارمن» وقصتها.

تحمس أدهم لحكاية زيارتي لـ«الستريب كلوب»، وسألني عن كل تفاصيلها، وضحك كلما ضحكت، وتفهَّم مشاعري الإنسانية تجاه «كارمن». حكيت له حتى عن تفاصيل ومشاعر معينة لم أحكها لمحمد أو لأي شخص. كنت أعلمُ أنه الوحيد الذي سيفهمني، ولم يخب ظني قطُّ.

ـ مبسوط أوي إنك اتبسطتِ!

ـ كانت سفرية حلوة أوي! مش ناوي إنت كمان تسافر بقى؟

ـ نفسي! ما تيجي نسافر مع بعض! هتبقى حلوة أوي!! هنتبسط أوي!

ـ واللي يرجع في كلامه؟

ـ يبقى لا مؤاخذة!

ـ متفقين.

اتفقنا على السفر معًا في صيف ٢٠١٥. طلبت منه إنهاء إجراءات التأشيرة في أسرع وقت، وقلت إني سأنتظره.

كان أدهم يتجاهل علاقتي بمحمد، ويتجنب السؤال عنها، وكنت أيضًا أتجاهل علاقته العاطفية الحالية، وأتجنب السؤال عنها. كنت أشعر أن علاقتنا أقوى من أي شيء آخر، كأصدقاء مقربين متفاهمين ومتشابهين إلى حد مرعب. كنت أثق في أن علاقتنا أقوى من علاقة كلٍّ منا بطرف آخر. تعلمت على مر السنين أن علاقات الحب لا تدوم، وأن الصداقة لا تموت. وكان آخر ما أريده في الحياة، على الرغم من البُعد والاختفاء، أن تموت هذه العلاقة لأي سبب كان.

قررنا أن نتناسى كل لقاءاتنا الليلية، وأن نتناسى يوم هدية البوستر، وأن نتناسى حتى الكتب والإهداءات.

مضت شهور، وتلقيت مكالمة منه:

ـ متى سنسافر؟ أين سنسافر؟

أغسطس يبدو توقيتًا مناسبًا لكل منا. إذن فهو أغسطس. إسبانيا وفرنسا وجهتان لا بد لنا من زيارتهما. سنختار المدن لاحقًا.

في ليلة من شهر يونيو، علمت بطريقة غير مباشرة أن أدهم قرر

السفر في أغسطس فعلًا، ولكن ليس معي. قرر أدهم السفر مع فتاة أخرى. قرر أدهم السفر مع من هو على علاقة بها الآن!

أطفأت أنوار غرفتي، وتمددت على السرير أنظر إلى السقف في صمت بعين واسعة دامعة شاردة في الظلام الدامس. مزيج من الشعور بالخجل والرغبة في البكاء والغضب والحنق والسذاجة. هذه المشاعر شكَّلت حفرة واسعة مظلمة بداخلي، يمكنها ابتلاع أي شيء أو أي شخص وإخفاؤه بداخلها مثل «مثلث برمودا». أود لو أدخلت يدي في داخلي، واقتلعت غصة قلبي التي لا تتوقف. أصبح عقلي مثل ثور هائج غاضب، يدخل بقرونه داخل قلبي ويفتته تفتيتًا، ويوسعه ضربًا ويسبه بأفظع الشتائم: «أنت! أنت يا من تسببت في كل ما تشعر هي به الآن...!».

ثم ها هو عقلي يلتفت إليَّ وشرارات العالم كله تنطلق منه: «هل أنتِ غبية؟ هل تحبين العيش في دور المغفلة؟ هل تحبين إهانة نفسكِ إلى هذا الحد؟ هل إذا كان له الاختيار بينكِ وبينها كنتِ تعتقدين أنه سيختاركِ أنتِ؟ لماذا؟ بسبب بوستر تافه لعين؟ بسبب لقاءات ليلية لا تعني شيئًا على الإطلاق؟ ضعي لهذه المهزلة حدًّا! أنتِ تجرحين نفسكِ ومَن حولكِ بأفكاركِ ومشاعركِ وأوهامكِ الغبية! سئمتُ من كذبكِ على نفسكِ وعليَّ، وسئمتكِ أنتِ شخصيًّا!».

أردت الاختفاء، وكنت على وشك البكاء، لكن شيئًا ما جعل الدموع متحجرة، تأبى الخروج من مقلتيَّ. أشعر أنني على وشك الانفجار.

هاتفت شمس في وقت متأخر من الليل. وجد صوتي مختنقًا

بالبكاء، ولم أكن أريد أن أحكي له أي مشاعر أكنها لأدهم على الرغم من أنه الأقرب لي في هذه الدنيا.

ـ مالك؟ فيه إيه؟

ـ متضايقة شوية!

ـ مالك طيب؟ فيه حاجة؟ أجيلك؟

ـ لأ. أنا بس... هوَّ أنا ليه دايمًا الأوبشن التاني عند الناس؟

قفز شمس في سيارته في تلك الليلة واتجه إلى القاهرة. فاجأني بوصوله عند الفجر. طلب مني ارتداء ملابسي، واتجهنا إلى الزمالك، وجلسنا في صمت، في المقهى الوحيد المفتوح في تلك الساعة المتأخرة من الليل. كان ينظر إليَّ بين الحين والآخر في هدوء، ثم يربت على كتفي، ويؤكد لي أنه هنا من أجلي حتى أكون أفضل حالًا.

ما أحبه في شمس، أنه كلما حزنت أو أُصبت بحالة من الاكتئاب المؤقت، ذكَّرني بكل شيء مميز فيَّ، ذكَّرني بكل مرَّة كنت فيها قوية، ذكَّرني بكل مرَّة كنت فيها مميزة وناجحة.

أفضل ما يمكن أن يحدث للإنسان في حياته، أن يجد شخصًا يُذكِّره دائمًا بأحلامه وقوته، ويُذكِّره بتفاصيل عن نفسه ينساها عادة عند أقرب حفرة حزن.

لم أعد أجيب على مكالمات أدهم أو رسائله. اختفيت تمامًا، ولطالما كنت أستاذة في علم الاختفاء مثله.

سألت محمد إذا كان يريد السفر معي، ولكنني ترددت كثيرًا قبل سؤاله وبعده. هل أريد فعلًا السفر مع محمد؟ كانت أذواقنا مختلفة في الأيام العادية، فما بالك بالسفر؟ سألته على أي حال:

ـ تيجي تسافر معايا؟

ـ هيبقى صعب للأسف. عندي أقساط شقة أهم!

ضحك عقلي كثيرًا، ثم همس لي: «أنتِ حتى لستِ بأهمية قسط شقة! أنتِ لست بالأهمية الكافية أصلًا في حياة أي شخص!».

كنت مُصرَّة على السفر في أغسطس، ولكن وحدي هذه المرَّة، وحدي تمامًا، بعيدًا عن أدهم ووعودنا المتناثرة الفارغة، وبعيدًا عن محمد ومشاجراتنا الواهية اللانهائية.

حضن ماركو

روما ٢٠١٥

أجلس متقوقعة في صمت على مقعدي الرمادي، أشرب القهوة التي لا أذكر كيف تعلمت إعدادها بهذا المذاق الحلو. إنه نوفمبر في القاهرة. أرى السماء في الخارج رمادية كئيبة، لكنها تأبى أن تذرف مطرًا. مخادعٌ جو الخريف الذي يوحي لك بالشتاء، ولكنك تصدم بجو دافئ لا يتلاءم مع شكل السحاب. أحب تلك اللحظات التي يرفض فيها عقلي الصمت، وفي الوقت نفسه ليس لديه طاقة كافية للتفكير في أمور جادة، فتجدني أفكر في شكل السحاب بجدية، وأحلل لون السماء بمنتهى التركيز. قطع تركيزي التافه صوت هاتفي المحمول، وجدت رسالة نصية من محمد: «وحشتيني. مش كفاية بعاد بقى؟».

عدت برأسي إلى الوراء وذاكرتي أيضًا، أفكر في إجابة عن هذا السؤال. عدت إلى أواخر أغسطس تحديدًا.. إلى روما!

❊   ❊   ❊

شيء ما في روما جعلني أشعر أنني جميلة، ربما لأنني شعرت بانتمائي إلى هذه المدينة، وشعور الانتماء نادر جدًّا، فأنا ممزقة دائمًا بين أماكن وأشخاص وأشياء، لا أشعر بأنني كاملة في مكان واحد أو مع شخص بعينه، أشعر بالراحة هنا بنسبة ٣٠٪، وأحب هذا المكان بنسبة ٥٠٪، وأحب وجودي مع هذا الشخص بنسبة ٤٠٪، لا أشعر أبدًا بالكمال النفسي. ولكنني شعرت بأنني أنتمي إلى روما بنسبة لا تقل عن ٧٠٪، وهذا معدل عظيم لتائهة مثلي.

ارتديت فستاني الأبيض القصير، وانطلقت في شوارع المدينة، فندقي الثلاث نجوم موقعه ممتاز بجانب قصر الرئيس الإيطالي في «فيا ديل كيريناله»، وهو فندق قديم، ذو مصعد متهالك، لكنه نظيف، وصاحبه عجوز ستيني بشوش، يساعده شاب في العشرينيات من عمره. استقبلني العجوز بابتسامة كما لو كنت في زيارة لمنزله الشخصي. اتجهت إلى «السبانيش ستبس». كان وقت الغروب مثاليًّا في هذا المكان البديع. زحام هائل، ولكنه لم يضايقني على غير العادة. أنا وحدي في هذه السفرية، قررت أن أسافر باحثة عن بعض الهدوء والسلام النفسي والصمت. وقفت في أعلى منطقة، وتمعنت في الناس من حولي، وأرسلت ابتسامات إلى كل من تلاقت عيناي بعينيه. الموسيقى التي انبعثت من الأماكن المختلفة أضفت على المشهد جوًّا سينمائيًّا. هذا عجوز يمسك بالكاميرا ويلتقط صورًا لمشهد الغروب، هل هذه رحلة نهاية خدمته في العمل؟ هاتان فتاتان إيطاليتان على الأرجح، هل هما قادمتان من مدينة إيطالية بعيدة لقضاء إجازة صيف جامحة في روما؟ توقفت عيناي عند شاب وفتاة: أنيق

جدًّا هذا الشاب الذي ينسدل شعره على جبينه، ملابسه منمقة إلى أقصى حد، ابتسامته بيضاء مشعة. واو! هل هذا لون أسنانه الطبيعي أم أنه قام بعملية تبييض؟ أما الفتاة فلا يوجد لها وصف سوى أنها مَلَكيَّة، هذا الفستان الأبيض، وشعرها البُني الذي اختارت أن تتمرد وتموجه ليتماشى مع عشوائية روما، والحذاء الذهبي العالي الذي أصرت على أن ترتديه لتحافظ على ما تبقى من أناقة ملوكية. لست من هواة التحديق فيمن حولي، ولكني أكاد أجزم أنهما قاما بخطف أنظار الجميع، أو هكذا بررت لنفسي تحديقي فيهما بهذا الشكل. يلتقطان لبعضهما الصور، ويرقصان بوقار أضاف جمالًا أكثر على هيئتيهما، وفي نهاية الرقصة القصيرة التي صاحبتها ضحكة خجولة منها قام باحتضانها حضنًا طويلًا بدت سعيدة جدًّا به.

غمغم قلبي: «إيه ده؟ الله! أنا كمان عايزة حضن!»، فنهره عقلي: «جرى إيه يا ميرنا؟! إنتِ «سترونج إندبندنت وومن» ومسافرة لوحدك!».

وجدت قلبي يقول بصوت خفيض: «أنا فعلًا «سترونج إندبندنت وومن» مسافرة لوحدي، بس عايزة حضن!».

أنا كاذبة. لم أختر أن أكون وحيدة في هذه الرحلة بحثًا عن السلام النفسي وهذا الهراء، لقد أُجبرت على أن أكون وحيدة بعد أن تخلَّى أدهم عني في هذه الرحلة التي اخترناها معًا: الفندق، والمواعيد، والمدن، وكل ما يتعلق بأنشطتها، ولم يحاول حتى أن يرسل توضيحًا أو يعتذر عما ألحقه بي من إهانة شعرت بها بعد تجاهله التام لي وقراره السفر معها. ولكني في الوقت ذاته لا أستطيع لومه؛ فقد وضعت في

عقلي أوهامًا وبنيت على أساسها أحلامًا. هو معها لأنه يحبها، هو ليس معي ولم يحاول أن يكون معي، بهذه البساطة!

المصيبة الحقيقية فيمن يهمس لي كل يوم بكلام معسول، هذا الشخص المختلف عني كليًّا، وأنا أيضًا مختلفة عنه، ونصر على عدم إيقاف هذا العبث الذي لا ينتج عنه شيء إلا خذلان كل طرف للآخر. تخلَّى عني هو أيضًا في آخر لحظة، خوفًا من أقساط شقة لا تنتهي أبدًا، وتأجيلًا لسعادة لحظية طائشة على حد قوله في مقابل تأمين مستقبل طويل المدى، وحرصًا على «أموال» أرى أنها ستفقد قيمتها مع الوقت في مقابل «ذكريات» أعتقد أنها ستنجح في رسم ابتسامتنا في أحلك أوقات علاقتنا. أليس وجوده بجانبي الآن كان سيغنيه عن شقة لا ندري هل سنكون فيها يومًا ما أم لا؟ أليس هذا الغروب وهذه اللحظة وهذا الفستان الأبيض الرقيق أولى بنظراته من مرآة غرفتي؟ أليس احتضانه لي في هذا المكان الجميل أغلى من حرصه الدائم المقيت وخططه طويلة المدى التي أتمنى ألا يُنفذها يومًا؟ نعم أتمنى من كل قلبي ألا ينفذها، ليدرك أن السعادة اللحظية ليست تفاهة أو إضاعة للوقت، إنما هي ما يتبقى في النهاية بعد سنوات يجلس فيها حزينًا فتنتشله من كل ما هو سيِّئٍ وتُثلج قلبه.

تبًّا لذاك، وتبًّا لهذا، وتبًّا لها، وتبًّا لكل عاشق وعاشقة هنا! أكرهكم جميعًا بلا استثناء!

تنهدت، وخيمت الكآبة على المشهد مع غروب الشمس وآخر ضوء في السماء الصافية. لم أحظَ بقسطٍ كافٍ من النوم في الليلة الماضية، وبدأت آثار الإرهاق في الظهور. ألقيت نظرة أخيرة على

السلالم التي تراصت عليها الجموع السعيدة، واستكملت سيري على الأقدام لاكتشاف ما تبقى من هذا المكان بما تبقى فيَّ من طاقة.

عدت أدراجي إلى الفندق بعد أن رفعت معنوياتي بطبق «باستا» و«بولتين» من الآيس كريم من محل للحلويات بجانب «نافورة تريفي». لم أنتبه لفندقي الذي مررت بجانبه في الظلام الحالك، ظللت أتلفت شمالًا ويمينًا بحثًا عنه، حتى أدركت أنه هو المكان المظلم أمامي. تحسست طريقي في هدوء، وفتحت «الفلاش» الخاص بالموبايل.

قلت وأنا متسمرة في مكاني في صالة استقبال الفندق:

ـ هالو؟ فيه حد هنا؟

سمعت همهمة إيطالية تنبعث من داخل الفندق.

فقلت بصوت أعلى هذه المرَّة:

ـ هالو؟ فيه حد هنا؟

على أمل أن يسمعني أحدهم أو يقتلني شبح!

سمعت صوت العجوز الإيطالي صاحب الفندق:

ـ تعالي تعالي. أنا جوه عند الأسانسير!

قلت في تردد، وصوتي يبدو عليه الخوف على الرغم من كل محاولاتي لإخفاء ذلك:

ـ إنت كويس؟

أدار «ماركو» العجوز كشافه تجاهي، وقال بصوت ضاحك يملأه الارتباك:

ـ ما تخافيش يا مصرية، تعالي بس ساعديني.

اقتربت في هدوء بخطوات بطيئة ودقات قلبي ترتفع. رفعت نور الفلاش إلى أعلى لأرى بوضوح، فوجدته حائرًا منهمكًا أمام لوحة مفاتيح كهربائية بجانب المصعد.

سألته في شك:

ـ فيه إيه؟

قال بإنجليزية ضعيفة:

ـ عايزك تدوسي على الزرار ده لحد ما أروح أرفع دراع ورا الأسانسير عشان أنا فاصل الكهربا لأن الأسانسير كان عطلان. هاعد لحد تلاتة ولما أقولك دوسي تدوسي، ماشي؟

أومأت برأسي إيجابًا. ما هذا الخبل؟ هذا ما كان ينقص يومي فعلًا، مصعد معطل وعجوز خرف!

ارتفع صوت العجوز يأمرني:

ـ واحد، اتنين، تلاتة! دوسي!

لا فائدة، لم تعد الكهرباء ولم يعمل المصعد!

قال بنبرة يائسة:

ـ أنا مش عارف أرفع الدراع اللي هنا، تعالي نبدل.

فسألته متشككة عن عامل الفندق الشاب الذي استقبلني معه اليوم:

ـ هوَّ فين «دانيال»؟ مش بيساعدك ليه؟

فقال بعصبية:

ـ عشان غبي طردته! أنا ما باحبش الغباء!

ردد هذه الجملة، ثم ساد صمت تبادلنا بعده الأماكن:

ـ واحد، اتنين، تلاتة، دوس!

كان صوتي هذه المرَّة يأمر العجوز؛ ذراع المصعد ثقيلة جدًّا،
لا عجب أن الإيطالي العجوز لم يستطع رفعها، عاد المصعد للعمل
وعادت الكهرباء للفندق مجددًا!

خرجت من خلف المصعد بابتسامة انتصار بلهاء، لأجد «ماركو»
العجوز يحتضنني بكرشه الضخمة جدًّا، وهو يشكرني باللغة الإيطالية،
ثم كرر شكره بالعربية الضعيفة، ثم هرول بعدها إلى مطبخ الفندق
الصغير وخرج بـ«باستا» ساخنة وقدمها إليَّ قائلًا:

ـ هدية مني ليكِ. أنا آسف تعبتك معايا!

نظرت إليه وأنا مبتسمة. شكرًا لك أنت على هذا الحضن الذي
كنت في حاجة إليه!

«ماركو» في السبعينيات من عمره، ولكنه يبدو في الخمسينيات،
صامت ولا يتحدث إلا عندما يُسأل.

سألته وأنا ألتهم «الباستا»:

ـ طردت «دانيال» ليه؟ ده شاب لطيف خالص!

على الرغم من أن الوقت لم يكن متأخرًا لهذه الدرجة إلا أن الهدوء
خيم على الشارع في الخارج وعلى الفندق من الداخل الذي بدا كما
لو أنه خلا من أي أشخاص غيرنا.

جلس «ماركو» على المقعد المقابل لي، ونظر في الفراغ، ورد
بهدوء ونفس متقطع:

ـ «دانيال» مش عارف هوَّ عايز إيه، ومش عاجبه أي حاجة، أنا
باعمل كل اللي باقدر عليه عشان أفرحه وأبسطه، بس هوَّ برضه
مش مبسوط، وأنا زهقت!

«دانيال» هو ابن زوجة «ماركو» التي توفيت منذ خمس سنوات، قابلها وكانت حاملًا في «دانيال» الذي هرب أبوه فجأة وانقطعت أخباره. وقع «ماركو» في حب «دانييلا»، ولم يتردد في قرار الزواج منها حتى مع وجود الصغير في بطنها. وعد «دانييلا» بأن يعامل «دانيال» كما لو أنه من صلبه، وحافظ «ماركو» على وعده.

ـ لما جات تولد، قلتلها نسميه «دانيال»، عشان يبقى زي اسمك، وكل ما أندهه يفكرني بيكِ وبأول مرَّة شفتك فيها!

بعد وفاة «دانييلا»، أصبح «دانيال» متذمرًا من «ماركو»، ومن العمل في الفندق، ومن الحياة في إيطاليا، ومن كل شيء. زاد الضغط النفسي على «ماركو»، الذي أدرك أن «دانييلا» كانت الشعرة التي تربطه بـ«دانيال»، وبقدرته على تحمل كل الضغوط. اليوم، وبعد هدوء العمل في الفندق، طلب «ماركو» من «دانيال» إتمام بعض المهام التي لم تنتهِ، إلا أن الأخير رفض، وهو ما أثار غضب «ماركو»، فطلب منه بانفعال تحضير حقيبته والخروج من الفندق ومن حياته إلى الأبد.

تناولت آخر ملعقة من طبق «الباستا» وأنا أستمع إلى حكاية «ماركو»، وما إن انتهى وانتهيت أنا الأخرى حتى وقفت وتحركت تجاهه واحتضنته، وأكدت له أن «دانيال» سيعود بالتأكيد، وأن كل شيء سيصبح أفضل مما مضى.

أتذكر كيف صعدت إلى غرفتي في ذلك اليوم وأنا سعيدة، وأشعر أنني جزء من عائلة «ماركو»، الذي حكى لي كل شيء عنه وعن حياته. وضعت رأسي على الوسادة، ونظرت إلى سقف الغرفة المظلم،

وكل ما أفكر فيه أنني حصلت على حضن ـ ربما ليس العناق الذي كنت أتخيله، ولكنه حضن أعاد إليَّ البسمة والسعادة والطاقة التي أستكمل بها رحلتي وحدي ـ وأن إغلاقي لعينيَّ بعد دقائق هو بمثابة غلق قلبي تجاه أي مشاعر ولو بسيطة أكنها لمحمد، وتجاه أي رغبة لي في الحصول على حضن من كل من خذلني.

* * *

عدت بعقلي إلى القاهرة مجددًا، بسبب صوت رسالة نصية أخرى من محمد تحمل رمزًا واحدًا: «؟»، أملًا في إجابة مني عن سؤاله السابق.

أمسكت بهاتفي، وكتبت بحروف عريضة: «لأ. عشان ما بقيتش عايزة أحضنك يا محمد!».

سجائري هي كل ما أملكه!

مدريد ٢٠١٥

يوم جديد، ووعد جديد أقطعه لنفسي بأن أتوقف عن التدخين، ثم تأتي القهوة لتتساءل أين صديقتها السيجارة التي اعتادت التحدث مع دخانها داخل فمي كل صباح.

تشعرني السجائر دائمًا بالألفة، خصوصًا في الأماكن والمدن الجديدة، وتخفي توتري مع من أقابلهم للمرَّة الأولى، وتُهوِّن من دقائق انتظاري، وتُنفس عن غضبي.

في السفر هناك سيجارتان مقدستان للغاية: الأولى عند وصولي إلى بلد معين، حيث أنهي إجراءات الوصول وأحمل حقائبي إلى خارج المطار ثم أقف لأدخن سيجارة الوصول التي أستنشق معها هواء البلد الجديد والناس الجديدة من حولي، وأتمعن خلال دقائق تدخينها في هذا المكان وما سيحمله لي من متعة وحكايات وأشخاص. السيجارة الثانية هي سيجارة الوداع، عند وصولي إلى المطار أيضًا، ولكن للمغادرة، يخرج مع كل نفس منها استرجاع

لأوقات الرحلة كلها وأشخاصها وأحاديثها وضحكاتي والتغلب على شعوري بالوحدة، أخرج مع كل نفس من هذه السيجارة كل مشاعر الارتباط بالبلد وأماكنه ومن قابلتهم فيه، أخرج معها مشاعر الحب والكره والاشتياق المستقبلي للبلد، وأستعد بها لما أنا مقبلة عليه سواء بلد جديد أو العودة لمصر.

كنت وحيدة هنا، وكانت هذه هي الليلة الثالثة لي في مدريد والأخيرة أيضًا، لذلك قررت أن أتأنق وأخرج للسهر في أي مكان. جلست أمام الفندق أبحث عن مكان على جوجل وأدخن سيجارة.

فتحت فيسبوك وإنستجرام أيضًا. في السفر عادةً لا أشغل بالي بما يحدث على السوشيال ميديا، فقط أستخدمها لوضع صوري التي ألتقطها هنا وهناك حتى يهدأ الأهل والأصدقاء ويطمئنوا أنني ما زلت حية أُرزق.

وجدت صور أدهم في برشلونة تقفز أمامي، ووجدت صورها معه أيضًا، والكثير من التعليقات اللطيفة من أصدقائهما المشتركين. شعرت بغصة في حلقي، وحنق شديد في نفسي.

قبل أن أُنهي سيجارتي سمعت شخصًا ينادي بصوت عالٍ ربما على شخص ما، أو ربما يكون رجلًا مخمورًا قرر أن يقضي ليلته في إزعاجنا. نظرت إلى مصدر الصوت، كان شابًا على دراجة ويبدو تائهًا، اقترب مني، وبدأ يسألني عن شيء ما باللغة الإسبانية، فهمت من بعض الكلمات أنه يبحث عن شخص ما، ثم تحول إلى اللغة الإنجليزية بعد أن ظهرت على وجهي علامات الغباء وعدم الفهم. كان يبحث عن جدته العجوز؛ عاد إلى المنزل فلم يجدها وهي مصابة بالزهايمر

ولا يعرف أين توجهت. تعاطفت معه للحظات، ولكني أوضحت له أني لم أشاهد أي سيدة عجوز بملابس منزل، فترك دراجته وظل واقفًا في مكانه في شرود. دعوته للجلوس إلى جانبي، قَبِل الدعوة يائسًا بائسًا، وعرضت عليه سيجارة في صمت، وعند انتهائه منها احتضنني لثوانٍ قليلة، وشكرني شكرًا بالغًا، واستكمل رحلة بحثه عن جدته. لم يكن في يدي أي شيء أقدمه إليه سوى تلك السيجارة وذلك التعاطف الصامت، وعلى الرغم من كونه في كارثة حقيقية بسبب جدته، إلا أنه لم يكن يبحث عن حل، يبحث فقط عن شخص يتشارك معه السجائر والجلوس في هدوء ليحتوي كل الأفكار الثائرة الغاضبة اليائسة التي تجتاح عقله في هذه اللحظة مثلي تمامًا.

* * *

قاطعت أفكاري أصوات فتاتين تخرجان من باب الفندق. نظرت إليهما، ثم أشعلت سيجارة أخرى وأنا ما زلت تائهة بين أفكاري وسجائري وأين سأقضي سهرتي. اقتربت مني إحداهما تستأذنني في قداحة، ابتسمت وناولتها قداحتي. نادت عليها صديقتها وقالت لها بالفرنسية إنها تركت كل أموالهما في غرفة الفندق، ثم عادت وتركت معي فتاة القداحة.

اسمها «سيلين»، بلجيكية، جاءت مع صديقتها سارة لقضاء إجازتهما في مدريد للمرَّة الأولى. عندما نزلت سارة من الفندق مجددًا وجدتنا أنا و«سيلين» نضحك ونتسامر. التفتت إليَّ «سيلين»، وسألتني عن خططي لقضاء الليلة، وما إذا كنت أعرف مكانًا لطيفًا للذهاب إليه، فاعترفت لها أنني تائهة مثلهما تمامًا، وسرعان ما قالت

٨١

سارة إنها وجدت مكانًا يبعد عن الفندق ١٥ دقيقة بالتاكسي، وطلبت مني مشاركتهما، وما جعلني أوافق على هذا العرض هو إصرار «سيلين» على الذهاب معهما.

كان الوقت متأخرًا، وفي الطريق كان الراديو يعلو بصوت مذيع يتحدث الإسبانية التي أحبها، ثم انطلقت «إيمي واينهاوس» تضع ملحًا بصوتها العذب على جرحي:

I died a hundred times

You go back to her

And I go back to black

وصلنا إلى «الروف بار» الذي اقترحته سارة، كان مزدحمًا ولكن غير مكتظ.

قضينا ليلة لطيفة. سارة و«سيلين» فتاتان روحاهما مبهجتان ونقيتان لأبعد الحدود. لكن على الرغم من كون سارة لطيفة، فقد شعرت أنها تضع بيننا بعض الحواجز النفسية في التعامل. تفهمت موقفها، فأنا في النهاية فتاة قابلتها منذ ساعات ولا تعرف عنها شيئًا. أما «سيلين» فهي كتاب مفتوح تمامًا.

عند رجوعنا إلى الفندق، وقفت أدخن سيجارة قبل الصعود إلى غرفتي، شاركتني «سيلين»، واستأذنت سارة للنوم، جلسنا نتحدث ولم نشعر بمرور الوقت.

تبلغ «سيلين» عشرين عامًا، ولكنها تبدو مفعمة بالأنوثة كسيدة في بداية ثلاثينياتها، جمالها مختلف نظرًا لتداخل الملامح التركية والبلجيكية فيه. والدها تركي مسلم، انتقل إلى أوروبا، ووالدتها

بلجيكية مسيحية، ما يضعها دائمًا في متاهة البحث عن هويتها الحقيقية.

أُطلقُ على من هم مثل «سيلين» لقب «المسلمون الجدد». صراع نفسي لا ينتهي بين تقاليد والدها وعاداته شبه الإسلامية، وانفتاح أوروبا الذي تعيش فيه. والدها لا يمانع ارتداءها للملابس القصيرة والضيقة، فهي في النهاية شابة صغيرة يجب أن تستمتع بالحياة مثل أقرانها، في الوقت ذاته يحذرها تحذيرًا شديدًا من احتساء الخمر أو الاقتراب منها، ولكنها تشربها سرًّا، فما معنى العشاء بدون نبيذ أحمر؟ يسمح لها والدها بالسفر في أي مكان وفي أي وقت، ولكن يُحظر عليها الارتباط خارج الإطار التقليدي للزواج، يجب أن تحافظ على عذريتها لزوج المستقبل. وجدت نفسها عالقة بين عادات وتقاليد إسلامية شبه صارمة وسط صديقاتها المتحررات.

تساءلت «سيلين»:

ـ اللي أنا مش قادرة أفهمه، ليه بابا المسلم المرتبط بدينه وعادات بلده وتقاليدها قرر يتجوز أمي المسيحية غير الملتزمة المنفتحة؟ ماشي هنقول ده قراره وهو حر فيه، لكن ليه قرروا يخلفوني؟!

لم أملك إلا أن أُخرج آخر سيجارتين في علبتي لنشعلهما في صمت وننظر إلى السماء التي ينشق عنها الفجر معلنًا مولد يوم جديد وتساؤلات كثيرة.

على الرغم من كل ما أحمله في قلبي من حنق وغضب وحزن شديد، فإن جلستي مع «سيلين» ليلًا وحتى الصباح ذكرتني بلقاءاتي الليلية مع أدهم الذي لا يكف عن الظهور وسط أفكاري. ذكرتني

«سيلين» بتساؤلاتنا الوجودية الكثيرة التي لا نجد لها أي إجابات، وذكرتني هذه السيجارة الأخيرة معها بعادتي في أن أدخن سيجارة بعد أي مناقشة معه، سواء انتهت بإجابة على أسئلة كثيرة متناثرة في ذهني أو انتهت بصمت يُغلف جلستنا. ألطف ما في الأمر أنه كلما أشعلت سيجارة، قرر أدهم هو الآخر مشاركتي بتدخين سيجارة. كنت أبتسم في قرارة نفسي، فهو ليس مدخنًا، ويكره التدخين، ويعاني من حساسية الصدر، ودائمًا ما يعاني من سعال قوي في اليوم التالي لتدخينه مجرد سيجارة واحدة.

عندما سألته ذات ليلة عن سبب إصراره على مشاركتي التدخين، قال لي إنه لا يحب السجائر، ولكنه يحب السجائر معي.

أطفأت آخر سيجارة بقدمي، ورأيت دخانها يخبو مثل كل لفتة أو كلمة لطيفة منه أريد أن أُخرجها من عقلي.

تيك تاك .. تيك توك

نيس ٢٠١٥

كم مرَّة استيقظت من نومك مبتسمًا؟ كم مرَّة شعرت كما لو كان حلمك حقيقيًا إلى درجة مرعبة؟ كما لو أنك سافرت بالفعل بشحمك ولحمك أثناء نومك إلى مكان آخر؟ كم مرَّة حلمت حلمًا غريبًا عجيبًا عشوائيًا، ولكنه كان مرضيًا وممتعًا لكل حواسك ومشاعرك؟ دعني أجيبك: هذا لا يحدث إلا نادرًا، بل هناك كثيرون لا يحظون بمثل هذه اللحظات، لذلك لا يفهمونها عند شرحي لها، ليس لقصور فهم من جانبهم، وليس لقصور تعبير من جانبي، ولكن يبقى دائمًا حاجز عدم الشعور باللحظة نفسها هو ما يجعل التواصل والحديث عن تلك اللحظات مستحيلًا.

أمتلك ذاكرة ضعيفة عامة، لا أتذكر المواقف أو الأشخاص أو الأحلام، ولكنني اكتشفت شيئًا مثيرًا للاهتمام مؤخرًا، وهو أنني لا أتذكر إلا ما يستحق تذكره: مواقف معينة حتى لو مرت عليها عشرات السنين، أشخاصًا معينين حتى لو قابلتهم مرَّة واحدة فقط في

حياتي، وأحلامًا معينة، مثل هذا الحلم الذي لن أستطيع أن أتجاوزه أو أنسى شعوره ما حييت.

كنت أقف على قمة العالم، صخرة عالية جدًّا تحيطها الأشجار، أشعر بالهواء الناعم يداعب وجهي وشعري بسلاسة، أسمع صوت البحر وصوت الرياح وأصوات طيور العالم كله، أسمع أيضًا بوضوح أصوات حيوانات الكوكب تلعب وتمرح وأراها جميعًا تحت قدميَّ، واقفة فوق صخرة قمة العالم وأرى كل البلاد مسطحة كخريطة وفريسة مستسلمة أمام عينيَّ، هناك برج «إيفل»، إلى جانبه تشع مدينة روما بالأضواء والأصوات، وهنا اليونان، وهناك إسبانيا. أرى العالم كله بمحيطاته وسمائه وأشخاصه، وأشعر بارتياح غريب، تنهيدات قصيرة متقطعة تحمل كل حب العالم بين شهيقها وزفيرها، وكل ارتياح العالم يتلألأ في عينيَّ.

استيقظت من هذا الحلم ورائحة رياح قمة العالم في أنفي. استيقظت بالابتسامة نفسها والارتياح نفسه، كما لو كنت هناك فعلًا وليس مجرد حلم.

لماذا نيس دونًا عن غيرها من المدن الفرنسية؟ على الرغم من أن هذه المرَّة كانت الأولى التي أزور فيها فرنسا إلا أنني لم أختر باريس مثلما يفعل الجميع، وقد تعجب أصدقائي وأهلي وقتها من اختياري، ولكنني ظللت مقتنعة به. أعتقد أن السبب يرجع إلى مدرستي الفرنسية، وكتاب اللغة الفرنسية الذي كان أبطال دروسه هم «نيكولا» و«فرنسواز» و«بيار»، كانوا دومًا يقضون أحلى أوقاتهم وإجازاتهم مع الأهل في مدينة نيس بالذات. أذكر

أنني كنت دائمًا أتمنى أن أكون جزءًا من رحلتهم، ولذلك ارتبطت معي نيس بالسعادة والاسترخاء. عجيب هذا العقل الباطن الذي تلتصق به بعض الأحداث والذكريات فتعمل على تشكيل حاضرك ومستقبلك!

كانت نيس هي وجهتي الأخيرة في هذه الرحلة قبل أن أعود إلى مصر.

هناك، اقترح بعض الأصدقاء والمتابعين على الإنترنت أن أتسلق الجبل حتى أصل إلى القلعة الكامنة فوقه، كان هناك طريقان: إما المصعد الكهربائي، أو السلالم.

سلالم طويلة عريضة وملتوية تُشعرك بهيبة المكان ومكانته الرفيعة. أتعجب دومًا من حالة النشاط المفاجئ التي تدب في أوصالي كلما سافرت خارج مصر، لذلك قررت أن أتخذ طريق سلالم الجبل بدلًا من المصعد الكهربائي على الرغم من حرارة الجو. كانت هناك أكثر من ٤٠٠ درجة، استمتعت بكل درجة منها والأشجار تحيط بي، حتى وصلت إلى قمة الجبل، ارتعش قلبي، وسرت قشعريرة في جسدي، فكان حلمي يتحقق أمامي بمعظم تفاصيله، الشعور نفسه دب فيَّ، شعور بالارتياح، وبأنني ملكت العالم حتى ولو للحظات.

كم مر من الوقت وأنا فوق الجبل؟ ساعتان؟ ثلاث؟ لا أذكر، ولكنني صعدت وكانت الشمس متلألئة في الأفق، ونزلت بعد الغروب.

كانت السلالم مزدحمة في طريق العودة بآلاف السائحين الذين

استمتعوا مثلي بالمنظر الخلاب من فوق الجبل. كنت في حالة من الصفاء النفسي والذهني. أسير في بطء وهدوء متأملة كل تفصيلة من حولي، وجدتني أسير إلى جانب رجل خمسيني، ابتسم لي بلطف وبادلته الابتسامة.

لم أشعر إلا والمحادثة قد بدأت بيننا بالفعل. لبناني مقيم في ميونخ في ألمانيا، صديق شخصي للشحات مبروك، وهذه المعلومة بالذات نجحت في إخراج ضحكة عالية مني.

لا أذكر ملامح هذا الشخص جيدًا، ولا أتذكر اسمه، ولكنني أتذكر هذا الجزء بالتحديد من حديثنا:

ـ مهما حصل ما تزقيش الوقت، لا تزقيه يعدي، ولا تزقيه يفضل، خاصة وقت الأشخاص في حياتك. كل المشاكل ووجع القلب اللي البشر فيه عشان بيحاولوا يتحايلوا على الوقت ويخدعوه، عشان يخلوا ناس انتهى وقتهم في حياتهم يفضلوا موجودين فيأذوهم فيرجعوا يعيطوا. وناس تانية نفسها وقت أشخاص أو حاجات معينة يعدي بسرعة فيرجعوا يندموا على اللي ضيعوه واللي ما استمتعوش بيه!

أهذه هي الحالة مع أدهم؟ محاولات فاشلة مني في دفعه دفعًا للبقاء في حياتي على الرغم من انتهاء وقته فيها؟

في الوقت نفسه الذي كنت فيه في نيس، كان أدهم في باريس.

في الوقت نفسه الذي كنت فيه في مدريد، كان أدهم في برشلونة.

في الوقت نفسه الذي كنت فيه في روما، كان أدهم في أثينا.

لم يُكتب لنا أن نسافر معًا، ولم يُكتب لنا حتى أن نلتقي صدفة في مدينة واحدة، على الرغم من وجودنا في البلد نفسه!

يجب أن تنتهي هذه الحكاية من فكري وعقلي قبل أن أنهيها على أرض الواقع. لا نفع في إضاعة مشاعر وإجهاد تفكير، لا داعي لدراما زائدة في حياتي، لا داعي لاختلاقي شيئًا من العدم لأحزن.

وقبل آخر دقائق لي في هذه المدينة، وقفت أنظر إلى البحر ليلًا في «متنزه الإنجليز». عقدت ذراعيَّ أمامي، وتركت هواء نهاية أغسطس البارد يلفح وجهي وينشر شعري هنا وهناك. كان هناك عازف متسول يعزف أغنية «هوتيل كاليفورنيا»:

You can check out anytime you like

But you can never leave

أغمضت عينيَّ، وتذكرت كل كلمة ومحادثة ومقابلة مع أدهم. تذكرت المرَّة الأولى التي رأيت فيها وجهه. تمنيت له كل السعادة التي يمكن تمنيها في العالم. تمنيت أن يقضي أسعد أوقاته في السفر، أن يخلقا معًا ذكريات تجعلهما يضحكان في أسوأ لحظات المشاجرات بينهما.

حتى أنجح في قرار إنهاء حكاية أدهم من حياتي، قررت أن أمحوه منها تمامًا. كفاني خداعًا لنفسي ومشاعري، ما أكنه له أكثر من مجرد صداقة وتفاهم!

سأنجح في الخروج من هذه الدوامة التي لا تنتهي. فتحت عينيَّ، ونظرت إلى البحر وقد أخرجت له كل ما في عقلي ونفسي، ووجدته

يأخذه كله بعيدًا مع الأمواج المتلاطمة، بلطف وحنان، وكأنها تربت على كتفي وتهمس لي بأن كل شيء سيكون على ما يرام.

قرأت في مرَّة أن أول جزء في علاج أي مشكلة، والجزء الأهم، هو الاعتراف بها.

لن يكون أدهم «هوتيل كاليفورنيا» الخاص بي!

أنا أحب أدهم، ولكنني لا أريده في حياتي!

ما قبل العاصفة

القاهرة ٢٠١٦

كان أول قرار اتخذته عند العودة إلى القاهرة في سبتمبر ٢٠١٥ أن ألغي متابعة أدهم من كل مواقع التواصل الاجتماعي، لا أريد أن أرى أي شيء يتعلق به من قريب أو بعيد.

القرار الثاني هو إصلاح علاقتي مع محمد، التي تعقدت إلى درجة الفراق والابتعاد التام بعد سفري الأخير، ورفضي القاطع لأي محاولات للعودة، على الرغم من رسائله العديدة لي، ربما لديه بعض المساوئ ولكن جزءًا مني يحبه. تذكرت كل أوقاتنا الحلوة، وكل يوم كان موجودًا من أجل سماعي حتى لو انتهت الجلسة بمشاجرة أو ضيق كالعادة.

مرت الأشهر الثلاثة الأخيرة من ٢٠١٥ في هدوء وسلاسة معه، حتى اقترب موعد رأس سنة ٢٠١٦، قلت له إنني أريد الاحتفال معه، في أي مكان نختاره، من أجل بداية جديدة وسعيدة ومحاولات لإنجاح هذه العلاقة.

مر منتصف ليل اليوم الأخير من شهر ديسمبر عام ٢٠١٥ ونحن نأكل البيتزا في الزمالك كالبائسين. لم يعبأ أو يهتم برغبتي في الاحتفال، لم يحاول عمل أي مجهود لإسعادنا على طريقتي ولو مرَّة، إما طريقته وإما مشاجرة أخرى.

أيقنت في هذه الليلة أنني لن أستطيع الاستمرار في هذه العلاقة التي لا تنجح إلا في تدميرنا. شعرت في هذه الليلة كما لو أنه ألجمني وألجم روحي المتحمسة للحياة ولكل ما هو جديد ومفاجئ ومختلف. نظرت إلى المرآة المقابلة لي في مطعم «توماس» ذي اللون البُني الذي أضاف على كآبة هذه الجلسة كآبات مضاعفة. من أنتِ؟ ومن هذا الشخص؟ ولماذا كل هذه المحاولات؟

شهور أخرى مضت بشكل روتيني وهدوء في العمل وفي علاقتي بمحمد. لا جديد على الإطلاق، حركتي آلية، أشعر كما لو أنني فقدت حواسي الخمس.

على الرغم من أن محمد شاب رائع قد تتمناه أي فتاة، شاب جاد ومجتهد في عمله، يضع دائمًا خططًا لا يريد الخروج عنها، ويحلم بالزواج وتكوين أسرة، إلا أنني لم أبحث عن كل ما سبق.

محمد لا يستهويه شيء إلا كرة القدم. حسنًا، أنا أيضًا أحب كرة القدم، ولكنني أحب الكتابة ومقابلة الأشخاص المختلفين، وأحب السينما ومشاهدة الأفلام القديمة والجديدة والتأثر بها.

عندما أفصحت له عن رغبتي في الذهاب لمشاهدة فيلم جديد في السينما، لم يعبأ أو يهتم، حتى رُفع الفيلم من السينمات كلها. وعندما قرر أن يعوضني عن هذا الفيلم وتنازل لدخول السينما معي، استغرق

في النوم في الكرسي المجاور لي! شعرت في هذا اليوم بالإحباط يتسلل إلى روحي ليقبضها. ولكنني تجاهلت الموقف السابق، وغيره من المواقف التي كانت تصرخ بضرورة إنهاء هذه العلاقة. عاهدت نفسي على محاولة إنجاحها على الرغم من كونها ميؤوسًا منها.

مضت الشهور، وحاولت التمسك به قدر المستطاع، وإقناع نفسي بأن تعوُّد كل شخص على الآخر يتطلب وقتًا، وأن العلاقات لا تنجح إلا ببذل مجهود.

أذكر جيدًا هذا اليوم من بداية شهر يونيو ٢٠١٦، الذي دخلت فيه كعادتي إلى المجلة، وطلبت كوب القهوة الذي ما زال يُقدَّم لي «سكر زيادة» على الرغم من انزعاجي من المذاق الحلو للقهوة حتى استسلمت في النهاية لهذا المذاق رغمًا عني.

جلست على مكتب منصبي الجديد، ونظرت إلى الحائط الأبيض أمامي، الخالي من أي حياة أو براويز.

خمس سنوات مرت منذ أن خطوت بقدميَّ للمرَّة الأولى في المجلة.

خمس سنوات بين جدران هذا المكان الذي أخذ مني ليالي وأيامًا من دون نوم أو طعام، فقط أنا واللابتوب و«الديدلاين» وموعد الطباعة.

خمس سنوات مرت، بدأت فيها كمحررة صغيرة، حتى انتهى بي الأمر إلى منصب مدير تحرير الموقع الخاص بالمجلة.

خمس سنوات جئت فيها ساذجة، في التاسعة عشرة من عمري أحمل حقيبة ظهر، وأسير بخجل إلى العمل.

خمس سنوات حققت فيها ما لم يحققه الكثيرون في هذا المجال.

خمس سنوات خسرت فيها الكثير من الأصدقاء، وخفتت علاقتي بعائلتي.

خمس سنوات أفخر بكل ليلة فيها، بكل دمعة نزلت ساخنة على وجنتيَّ في حمَّام هذا المكان، وبكل وسادة من وسائد هذه الأريكة التي شهدت أعمق لحظات نومي، وبكل غلاف عدد شهد قطعة من كتاباتي.

احتسيت آخر رشفة من كوب القهوة السيِّئ، وتخيلت نفسي في الأربعين من عمري، أجلس على المكتب نفسه، وأصيح باقتراب موعد الطباعة، والحائط الأبيض يتحول إلى رمادي، ثم تقطع صياحي مكالمة من محمد المتأفف دائمًا.

في هذه اللحظة، أنزلت قدميَّ المرفوعتين من فوق المكتب، وأغلقت اللابتوب الذي فُتح لتوه، ووضعته في الحقيبة الخاصة به، ثم خرجت من باب مكتبي ومنه إلى باب المجلة.

عدت إلى المنزل، وأرسلت إيميل إلى المديرين أخبرهم بشكل قاطع ورسمي باستقالتي. كلهم في قائمة المرسل إليهم، ولم أستثنِ أحدًا.

أمسكت بهاتفي، وأرسلت رسالة نصية طويلة إلى محمد أخبره بنهاية هذه العلاقة المريرة.

لا أدري ما كان سبب كل محاولاتنا في السنوات الماضية، أنا أعلم أسبابي، كنت أريد أن أثبت لنفسي أنني قادرة على التغلب على خوفي من الارتباط بشخص ما، مثلما كان يدعي محمد دائمًا. حولتني هذه العلاقة إلى شخص دميم الروح، وحولت أيضًا حياته

إلى جحيم. كان كل منا ينشر طاقة سلبية في حياة الآخر. لم يغفل مرَّة عن انتقادي. لم يغفل مرَّة عن التفوه بكلمات جارحة يقولها بكل بساطة. لم يغفل مرَّة عن كبت كل أفكاري وأحلامي سواء عن قصد أو بغير قصد.

لم أتأكد أنني اتخذت القرار السليم في إنهاء هذه العلاقة إلا بعد رد محمد على رسالتي النصية؛ كلمات من أبشع ما يكون، أشعر بحجم جرحه وغضبه، ولكن هذه الكلمات! يا إلهي! لا أدري كيف يمكن أن يخرج من شخص هذا الحجم من القسوة والقدرة على جرح الآخر في الصميم. تبادلنا الرسائل الغاضبة المقيتة، وأدرك كلانا كم السوء الذي كان يخفيه عن الآخر.

انتهت العلاقة أخيرًا حتى لو بشكل أسوأ مما تخيلته.

كنت أغرق في كل لحظة قضيتها هناك في هذه العلاقة. أشعر بالحياة مجددًا الآن. أشعر كما لو أن هواء العالم كله تجمع في رئتيَّ. أنا.. على.. قيد.. الحياة!

تشعر روحي بالخفة. هذا الإحساس بأن شيئًا ما ثقيلًا يسحق قلبي، اختفى! كنت مقيدة والآن أنا حرة!

عيناي، هل يمكنني مناداة أحدهم لرؤية عينيَّ الآن؟ إنها تلمع! حتى تجعيدات شعري تتراقص!

لست مهتمة بما كنت أحاول إثباته لنفسي. لست مهتمة على الإطلاق! كل ما يهمني الآن هو هذا الشعور الرائع بأنني على قيد الحياة! لا أعلم ما كل هذا الهراء الذي كنت أفعله، ولكنني أعلم الآن بكل ثقة ما لن أفعله!

في اليوم التالي، حجزت تذكرة لحفلة فريقي الغنائي المفضل، «كولدبلاي»، في برلين، وقررت السفر لأبدأ بداية جديدة خفيفة. فقط أنا وبلد غريب، من دون عمل أو حبيب.

كولدبلاي والإيمان بالسحر

انتهينا من سهرة غير متأخرة في الزمالك، وكنا في حالة رضا عن الحياة، أو ربما ليس رضا بالمعنى الحرفي وإنما أقرب إلى عدم اكتراث، غير مهتمين بأي شيء إلا اللحظة الحالية التي توقفت فيها خلايا المخ عن التفكير والشكوك والظنون وتحضير خطط المستقبل. قطع مروان صديقي الصمت ليطلب مني أغنية لـ«كولدبلاي» في طريقنا إلى المنزل. مروان الذي يشاركني منذ كنت طالبة في الجامعة كل الأحلام والطموحات، الكبيرة منها والصغيرة، مثل رغبتنا في التخرج بأي ثمن.

الجو ربيعي هادئ، وابتسامة بلهاء تعلو وجهينا، وتبدأ أصوات الجيتار في الارتفاع.

اتسعت ابتسامتي مع بداية الأغنية، تذكرت اللحظة التي دخلت فيها استاد «أوليمبيون» في برلين لحضور حفل «كولدبلاي»، أشبه بدخول فتاة تحب اللون الوردي أثناء زيارتها لـ«ديزني لاند».

تعالت ضربات قلبي مع تعالي أصوات إعلان خروج «كولدبلاي» للمسرح الآن.

'Cause you're a sky, 'cause you're a sky full of stars

I'm gonna give you my heart

أشعر دائمًا كما لو أن «كريس مارتن» يغني لي هذه الأغنية، وأشعر دائمًا بالنجوم التي تتلألأ في سماء حياتي المظلمة من خلال مكالمة من صديق، أو رسالة عابرة تعبر عن حب صادق، أو حظ العمل الذي يعطيني بعض الأمل بعد فترة من انقطاع الإلهام. أغلق عينيَّ سعيدة كلما سمعت هذه الأغنية تحديدًا، وكأنها تربت على كتفي لتؤكد لي أن كل شيء على ما يرام، وأنني أستحق كل حدث سعيد أمر به في حياتي.

And I feel my heart beating

I feel my heart underneath my skin

Oh, I can feel my heart beating

'Cause you make me feel

Like i'm alive again

أشعر بقلبي ينبض بالحياة الآن وسط هذه الحفلة وخلال استماعي إلى هذه الكلمات بالتحديد. أشعر بقلبي ينبض بالحياة بعد أن تركت العمل الذي أمضيت فيه سنوات طويلة خسرت فيها أكثر من نصف وزني وعلاقاتي الاجتماعية كلها. أشعر بقلبي ينبض بالحياة بعد أن اتخذت قراري العشوائي بالسفر وحيدة. لطالما كنت عشوائية متحمسة، أشعر بالملل في منتصف الليل فتكون الشوارع وجهتي،

وأنا أرتدي بيجامتي، ثم أصبحت القيود تزيد يومًا بعد يوم وسنة تلو الأخرى، أصبحت ثقيلة جدًّا حتى في التفكير، وتحول ذلك إلى ثقل في الحركة، وأصبح النوم مهربي الوحيد. لا أذكر آخر مرَّة شعرت فيها بأنني فوق السحاب وفوق البشر وخفيفة كالفراشة مثل اللحظة الحالية، كما لو أنني في بُعد زمني ومكاني آخر. أشعر بالرضا حتى عن كل ما سبق، بل تحول الأمر في هذه الثانية إلى شعور بالامتنان، فمن دون كل هذه القيود، ومن دون كل هذه الأيام الرمادية، لما شعرت الآن بما أشعر به. أشعر بكل نبضة، وبكل قطرة دم تسيل داخل جسدي، وبكل نفس يدخل ويخرج. وأحب كل من حولي في هذه الحفلة. ولم أعد أشعر بالضيق من السيدة الكورية التي تصر على سؤالي عن أشياء مبهمة لم أفهمها. وأحب الزوجين السعيدين أمامي اللذين يتراقصان في أحضان بعضهما البعض. وأحب حتى سائق التاكسي الذي قادني إلى هذا المكان.

When you try your best, but you don’t succeed

When you get what you want, but not what you need

When you feel so tired, but you can’t sleep

Stuck in reverse

استلقى «كريس مارتن» على المسرح، ووضع يده خلف رأسه، وبدأت نغمات هذه الأغنية في الارتفاع شيئًا فشيئًا. أثناء هذه الأغنية، أتذكر الأيام التي أعود فيها إلى المنزل وأستلقي مرهقة على سريري، أنظر إلى السقف المظلم. عادة أغلق الأنوار بترتيب البُعد عن السرير، فأنا ما زلت أخشى الظلام على الرغم من كل محاولاتي المستميتة

في التخلص من هذا الخوف غير المبرر. كل شيء على ما يرام، ولكن ما العمل في غصة الحلق التي لا تنتهي أبدًا؟ أشعر بجرح يدمي، ولا أستطيع تحديد موضعه، يؤلم في هذه الفترة فقط من اليوم، قبل النوم.

ولكنني أتذكر هذا المقطع:

Lights will guide you home

And ignite your bones

And I will try to fix you

فأغمض عينيَّ في انتظار الأنوار التي ستقودني آمنة إلى المكان الذي أتوق إليه ولا أعرفه. أغمض عينيَّ شاكرة على يوم آخر مر بسلام، وآملة في غد تتراقص فيه الفراشات من حولي من فرط السعادة.

Oh they say people come

Say people go

This particular diamond was extra special

And though you might be gone

And the world may not know

Still I see you celestial

كان «كريس مارتن» ينعى بهذه الأغنية شهداء سقطوا ضحية انفجار في تركيا. كم من عائلة فقدت ابنًا، وكم من فتاة فقدت حبيبًا، وكم من طفلة فقدت أبًا، وكم من زوج فقد شريكة عمره. الموت يقبض القلب ويشرخه شرخًا لا يلتئم. أذكر أيضًا أول شرخ في قلبي الصغير. «أنس»، كان هذا اسمه، وكان خير أنيس، شهر من الآن ويكون قد

مر عام آخر على وفاته. لم أعد أحسب السنوات، مهما عددت ومهما حسبت سيظل واقعًا أنه لم يعد هنا قائمًا. أعلم أن العالم يعج بضحايا وموتى أعزاء على قلوب ملايين، ولكنه كان أول من فقدته، كان أول من جعلني أندهش من فكرة الموت، كيف يمكن أن تتحدث مع شخص وتضحك معه وتضرب كفك بكفه وفي اليوم التالي لا يكون له أي أثر! ليس له صوت! أو صورة جديدة! وكأنما تبخر في العدم! وكأنك مجنون تتخيل بشرًا لم يكونوا يومًا هنا! تعجبت وقتها كيف ستستمر الحياة كما لو أن شيئًا لم يكن؟ وكيف سيستمر الناس في الضحك والخروج والسهر؟ كيف ستستمر الحياة في المطلق؟ ولكن ما تعجبت منه أكثر من أي شيء آخر هو أن الحياة استمرت على الرغم من كل شيء، وأخذ اللون الأسود في الانحسار عن ملابسي يومًا بعد يوم، وأقف الآن مرتدية فستاني الأرجواني الصيفي في هذه الحفلة، مستمعة إلى هذه الأغنية، ولكن جزءًا من قلبي شُرخ، ولن تفلح دعواتي له، أو اصطناعي الحكمة بأنه في مكان أفضل أو أننا سنتقابل مجددًا يومًا ما، أن تقلل من اعتصار قلبي كلما سمعت هذه الأغنية، وكلما مررت بـ«ستاربكس سان ستيفانو» حيث كان لقاؤنا الأخير.

And if you were to ask me

After all that we've been through

Still believe in magic?

Oh yes I do

Oh yes I do…

Of course I do

ما زلت أذكر تلك اللحظة التي ضغطت فيها بأصابع مرتعشة على تأكيد حجز هذه الحفلة حتى هذا اليوم. تذكرة واحدة، لي وحدي. أكره الزحام، وأخاف الوحدة أثناء الزحام، ولكنني حجزتها، من مالي الخاص!

شعور لا أستطيع وصفه، ولكنه يشبه كما لو أنني أقوى إنسانة على وجه هذا الكوكب، وكأنني أتحكم في زمام الأمور ولو للحظة واحدة. أنا هنا الآن في هذه الحفلة التي طالما حلمت بها، أنا هنا الآن أستمع إلى هذه الفرقة وهذا الصوت الذي طالما اختفى وتضاءل وسط صريخي الغنائي في السيارة خلف زجاج مغلق.

أقف هنا الآن، وأنا أعلم أنه في هذه اللحظة بالتحديد أستطيع حذف بند من قائمة أمنيات حياتي، ولم يساعدني في تحقيقه إلا نفسي. أتذكر نفسي وأنا مراهقة لا تملك أي طموح في الحياة إلا النوم لساعات طويلة من دون منبه، وما أصبحت عليه الآن: شابة ناجحة، عاملة، استطاعت أن تؤمن آلاف الجنيهات من موهبتها فقط في الكتابة، حتى تمكنت من تحقيق حلم من أحلامها الكثيرة. البعض يسمونه حظًّا، أما أنا و«كولدبلاي» فاتفقنا على أنه سحر، وأنا أؤمن بالسحر.

تذكرت كل اللحظات التي قمت فيها بتأجيل خطط وأحلام بسيطة لأنني لا أريد فعلها وحدي. تذكرت كل اللحظات التي أردت مشاركتها مع شخص ما لم يوجد أو لم يحب أن يوجد.

هذا اليوم بالتحديد هو يوم فارق، وهذه اللحظة الحالية التي أغني فيها بصوت عالٍ سيِّئ لا يسمعه أحد ولا حتى أنا، وسط أصوات الآلاف من حولي، هذه البالونات التي انطلقت من مكان ما على

المسرح لتُغطي سماء الاستاد، وكل هذه اللقطات التي فشلت في التقاطها، يوم تأكد لي أن الحياة مليئة بالمفاجآت السارة التي تستحق أن أتحمل الأيام التعيسة من أجلها، يوم تغلبت فيه نسبيًّا على خوفي من الزحام، يوم تأكدت فيه أن قدري لن يصنعه غيري، يوم أدركت فيه أن قلبي ما زال ساذجًا طيبًا دافئًا تُطربه أغنية وتجعله يرفرف على الرغم من كل ما يحيط به من جليد، يوم تأكدت فيه أن بداية إصلاح أي شيء هو إصلاح نفسي.

ما وراء السور!

برلين ٢٠١٦

كانت كل خلية من خلايا جسدي تئن وتنبض بإرهاق وجهد غير عاديين. بين ساعات لا تنتهي من «الشوبينج»، وحفل «كولدبلاي»، وثلاث مدن أخرى تنتظرني للسفر إليها، كان القرار الأصلح والأمثل هو قضاء اليوم الأخير لي في برلين بمنطقة «كورفورستندام»، التي أقيم فيها وبها معظم المراكز التجارية والمطاعم التي أحتاج إليها، فلم يكن هناك داع للخروج منها على كل حال، إلى أن جاءتني هذه الرسالة: «تعالي أوريكِ برلين الحقيقية بدل اللي إنتِ عاملاه في نفسك بقالك يومين ده».

كانت الرسالة من عمرو، صديقي، كنا من المفترض أن نصل إلى برلين في اليوم نفسه تقريبًا، ولكن نظرًا لظروف لم أهتم بمعرفتها تأخر موعد وصوله إلى اليوم الثالث والأخير لي في برلين. وعلى الرغم من حماسي الحقيقي لرؤية عمرو فإن الإرهاق والإجهاد كانا أقوى من أي حماس.

أجبت على الرسالة باقتضاب: «مش شايفة قدامي بصراحة!».
«ما دام ما شوفتيش اللي ورا السور يبقى ما شوفتيش حاجة. قلبيها
في دماغك مش هتندمي وعلى ضمانتي!».

* * *

كنت دائمًا مولعة بما وراء السور، أي سور! الإحساس بأن
هناك أحداثًا تدور خلف حاجز يحجب الرؤية كان يثير فضولي
دائمًا. بدأ الأمر بتلك الموسيقى الصاخبة المندلعة من خلف السور
المقابل لشاليه العجمي في التسعينيات، لا تبدأ الموسيقى إلا بعد
منتصف الليل عندما يتسلل صغار العائلة وأنا منهم من غرف النوم
إلى شرفة الشاليه لاختلاس بعض الوقت في ألعاب صامتة خوفًا
من إيقاظ الأهالي المصرين على الاستيقاظ مع شروق الشمس.
لم تكن هناك حلول وقتها إلا الأسلوب الكلاسيكي في تشبيك
الأيدي والصعود لرؤية ما يحدث، نحولة جسدي وطول قامتي
كانا من المؤهلات الأساسية التي جعلتني أول من يقف على
أيدي أولاد أعمامي لاستكشاف ما يحدث: حمَّام سباحة مليء
بالزبد الأبيض، وفتيات يرتدين البيكيني يرقصن مع شباب، وأنوار
بنفسجية وخضراء فاقعة تتحرك في كل اتجاه، وضحكات عالية،
وعالم آخر لم أستوعبه وأنا في السادسة من عمري، ولكن كانت
رؤيته تضيف لمعة إلى عينيَّ، فهناك عالم آخر للعجمي أكثر من
مجرد الذهاب إلى الشاطئ في الصباح الباكر، وشواء اللحم
والدجاج في شرفة الشاليه ظهرًا، وقزقزة اللب والسوداني في
السينما الصيفي ليلًا، ثم الإخلاد للنوم.

١٠٦

مرت السنوات، وفهمت أن ما كنت أراه من وراء سور العجمي لم يكن طقسًا من طقوس تقديم القرابين إلى الشيطان، وإنما حفلة في «نايت كلوب» كان له صيته وقتها، وما إن انتهى ولعي بسور العجمي وبيع الشاليه نهائيًا حتى ظهر سور المدرسة.

* * *

بعد تفكير استغرق أكثر مما يجب، أرسلت إلى عمرو موافقتي على هذا العرض المثير. من يدري متى ستحين زيارة برلين المقبلة، عصفور باليد بكل تأكيد. «دوبل اسبرسو» من الفندق كان كفيلًا بإمدادي بما يكفي من الطاقة لاستكمال اليوم الأخير لي هناك. بدأت في ارتداء ملابسي، وجاءت رسالة أخرى من عمرو: «إنتِ لابسة إيه؟».

«إيه جو «افتحيلي الكاميرا وأبعتلك كارت شحن» ده يا عمرو؟! خير؟».

«هاهاها مش قصدي. البسي إسود».

«ليه إن شاء الله؟ عشان إيه يعني؟».

«اسمعي مني بس والله، مش طالبة يبقى شكلنا سياح ونتزاول، الأماكن اللي رايحينها لبش».

في موقف أكثر تقليدية، كنت سأرفض هذا الطلب، وأرتدي ملابس زاهية اللون، أو أتجاهل مقابلة عمرو من الأساس، لكن كان حماسي لرؤية ما وراء السور أقوى من تضخم الأنا وكبرياء طفولية بسبب نعاس يغلبني وإرهاق يتملكني.

* * *

سور مدرستي، «سان جوزيف للبنات»، كان يقابله سور مدرسة «نبوية موسى الحكومية للفتيات» ومدرستي «شدوان» و«المشير أحمد بدوي» الحكوميتين للبنين، وكنت دائمًا أجلس إلى جانب النافذة في الفصل، وأرى فتيات المدارس المجاورة وفتيانها يقفزون من فوق سور المدرسة ويخرجون إلى الشارع. ما الذي يدفع كل هؤلاء إلى هذا الفعل الانتحاري؟ بالتأكيد هناك شيء ما يحدث في الخارج يستحق الرؤية ويُقدر بثمن قدم قد تنكسر جراء قفز هذه الأمتار. اخترت اليوم وساعة الصفر حتى أقوم أنا الأخرى بهذه المهمة الانتحارية. كنت أدرك أن العقوبة في حالة فشلي ستكون كارثية، راهباتنا كن الأكثر صرامة على الإطلاق. نجحت في تسلق سور مدرستنا العملاق، كانت قدمي اليمنى ما زالت في الداخل واليسرى خارج المدرسة، وجلست لألتقط أنفاسي وأستجمع شجاعة القفز إلى الشارع، مرت دقائق أفكر فيها في المسافة التي تنتظرني لقفزها، حتى أفقت على يد الراهبة المسؤولة تمسك بقدمي اليمنى صارخة بالفرنسية:

ـ إنتِ بتعملي إيه عندك؟!

لا داعي لشرح ما ترتب على ذلك من آثار، ظل ما وراء سور المدرسة حلمًا لي، حتى علمت بعد مرور سنوات أن الأمر لا يتعدى أكلة حرنكش أو دوم من على عربة عم علي في الشارع، وفتيات يقابلن أحباءهن من المدرسة المقابلة، وكنت لا أحب الحرنكش والدوم ولا الفتيان ذوي آثار السلاح الأبيض على وجوههم، لكن في النهاية

كانت التجربة تستحق على الرغم من فشلها، يكفي أن أسطورة الفتاة التي حاولت التزويغ من المدرسة للمرَّة الأولى في تاريخ المدرسة، أضافت صيتًا وهيبة لا بأس بهما.

* * *

هناك خط فاصل بين برلين الغربية والشرقية، خط غير مادي، ولكنك تستطيع أن تستشعره بوضوح بدءًا من السماء التي امتلأت فجأة بالغيوم، وباللون البني الذي يسيطر على المباني من حولي، وهدوء نسبي في الأجواء على الرغم من وجود الناس في الشوارع. كان الأمر يبدو كما لو أن الحرب لم تنتهِ بعد في هذا المكان. طلبت من التاكسي التوقف عندما وجدت عمرو في انتظاري على الرصيف.

كانت البداية عند الكوبري الذي عبرنا منه وسرنا فيه طويلًا، كان مليئًا بالمغنين الذين افترشوه بحثًا عن نقود مقابل الحياة. لم يلفت نظري إلا هذا الشاب ذو الصوت العذب يشدو بكلمات «بينك فلويد» بجيتاره القديم وبجانبه وضع لافتة: «كان من المفترض أن أكون مغنيًا عظيمًا ثم جاءت المخدرات»، لم أدرِ وأنا أضع اليورو في الصفيحة الخاصة به إذا كانت لشراء مزيد من المخدرات أم لمساعدته في حلمه.

دخلنا إلى شارع واسع به سلالم كثيرة مؤدية لأزقة وحوارٍ ضيقة. ظهر رجل ذو بشرة سوداء يرتدي ملابس سوداء اللون ونظارة شمس كبيرة أخفت ملامحه، وأخذ في التحدث مع عمرو بالألمانية التي

أجهلها. رأيت الرجل يشير في اتجاهي بعصبية، حتى أخرج عمرو من جيبه بعضًا من اليوروهات فهدأ الرجل، وسمح لنا باستكمال السير في اتجاه الأزقة، ثم عاد ليصيح في اتجاهي بالإنجليزية:

ـ لا صور!

استكملنا السير في الزقاق حتى آخره. كان الأمر أشبه بالدخول عبر ممر زمني يؤدي إلى بُعد آخر عن عالمي الذي كنت أعيش فيه خلال الأيام السابقة: أراضٍ مهملة، وبيوت نصف مهدمة، وجرافيتي في كل مكان حولي، كل رسمة منه تحكي قصة مختلفة. هناك دائمًا علاقة طردية بين الفقر والألم وبين الفن.

قال عمرو وهو يشير إلى الأرض المهملة التي تنبعث منها الموسيقى:

ـ تعالي نشوف اللي هناك دول بيعملوا إيه.

كانت هناك عربة في المدخل لا تبيع إلا البيرة الرديئة والمياه. تتوسط الأرض مساحة لـ«السكيتبوردينج». كان عمرو محقًا بشأن اللون الأسود والملابس، نجح اللون الأسود الذي اتشحت به في إذابتي بين الجموع المحتلة لهذه الأرض، فاللون الأسود هو السائد بينهم، كانت أشكالهم تصرخ بالحياة على الكحول والمخدرات فقط، عيون زائغة، وفتيات يكتبن بأقلام جاف على أجسادهن، وشعر ملون بألوان غير متناسقة، والكثير من الوشوم، وثقوب الحلقان في كل مكان يمكن تخيله، وشباب يتزلجون ثم يسقطون وينفجرون ضحكًا من دون سبب منطقي إلا تأثير الكحول أو المخدرات. كانت دقات قلبي تتسارع عند دخول هذا المكان، لا أدري أين أنا،

ودارت احتمالات مقتل عمرو على يديِّ أحدهم في أي وقت ثم خطفي واغتصابي والعيش في هذا المكان مليئة بثقوب الحلقان وعدم الاستحمام لفترات طويلة، أو مقتلي أنا شخصيًّا، أو هجمة من الشرطة الألمانية فجأة.

كانت الموسيقى منبعثة من مُشغِّل موسيقى ذي سماعات رديئة، إلا أنه نجح في خلق حماس من حولي فجأة على أنغام موسيقى الراب، فتكونت حلقة بشرية توسطها صراع بالرقص بين شابين، كان رقصهما انسيابيًّا وممتعًا للنظر، جعلني أنخرط في التصفيق وإطلاق الصيحات التشجيعية بين الحين والآخر عند أي حركة مميزة.

في الأرض المقابلة تجمع البعض من مريبي الشكل على كراسٍ بلاستيكية أمام شاشة تلفاز لمشاهدة مباراة كرة قدم. صافح عمرو أحدهم، وتجاذبا أطراف الحديث، ووقفت أنا خلفه مرتبكة ومحدقة في كل التفاصيل من حولي. إن لم تكشف ثيابي حقيقة كوني غريبة عن المكان فنظراتي كفيلة بالبوح بكل شيء. ما فهمته أن عمرو كان يهنئ صديقه المريب بتلفاز المنطقة الجديد، المسروق!

* * *

تجمع عدد من شباب الشلة في النادي بعد التمرين اليومي الشاق. كان جدول يوم التدريب يتلخص في التجمع قبل التدريب لتبادل الأخبار والنكات الرديئة، ثم التجمع بعد التدريب على طاولتنا المفضلة لالتهام بيتزا النادي السيئة، وتبادل النكات الرديئة، والضحك على من سقط أثناء التدريب، وتقليد المدرب عندما يغضب ويصرخ فينا، إلا أنه في هذا اليوم لم يتجه الفتيان إلى طاولتنا.

١١١

تساءلت باستنكار:

ـ إنتو مش جايين ولَّا إيه؟!

رد أحدهم بحسم:

ـ لأ. رايحين ورا السور.

فأجبت محتجة:

ـ إشمعنى؟! طب وما قلتوليش ليه يعني؟!

رد واحد منهم بصوت خافت خوفًا من غضبي الذي صُب عليه بأي حال:

ـ عشان ما ينفعش بنات يروحوا هناك!

كنت أنا الفتاة الوحيدة في الشلة التي تكونت من خمسة شباب، ولم أشعر يومًا بفرق بيني وبينهم، فنحن نتدرب معًا ونخرج معًا ونضحك معًا.

كان النادي يقابله سور يفصل المنطقة الشعبية الخطرة عن نادي العائلات والشباب. في سن معينة كان لا بد لكل شاب أن يخوض تجربة الذهاب إلى ما وراء السور، والانخراط بـ«الصيَّع» والبلطجية هناك، وتكوين جبهة قوية تؤمنه في حالة حدوث مشاجرة. كان ما وراء سور النادي أشبه بختم الجودة للخبرة في الحياة.

سرت مبتعدة، وبدأت الدموع تتجمع في عينيَّ غضبًا، كنت أشعر بالإهانة لكوني غير مؤهلة للذهاب معهم لمجرد أنني فتاة. ما هذا العذر المُبهم؟ وشُرخت من الداخل لتخليهم عني بهذه البساطة مقابل أي تجربة أو مغامرة سيخوضونها وراء السور.

أسرع حمادة ولحق بي، واستوقفني، وقال بنبرة عاطفية وصادقة:

ـ بصي طيب ما تزعليش، هنروح المرَّة دي لوحدنا وبجد هناخدك المرَّة الجاية.

سألته بتحفز معناه تحويل حياته إلى جحيم حقيقي في حالة عدم التنفيذ:

ـ وعد؟

فأجاب بسرعة وثقة:

ـ وعد.

الليلة سيتحقق وعد حمادة لي باصطحابي معهم إلى ما وراء السور. كنت متحمسة، حتى شعرت أن التدريب استمر لأيام طويلة هذه المرَّة.

تجمع الفتيان مرَّة أخرى عند بوابة النادي، وساد الارتباك عند ظهوري.

قلت بنبرة حازمة وصارمة:

ـ لو قلتولي إني مش جاية معاكم مش عايزة أعرفكم تاني!

رد عادل بنبرة مرتعشة:

ـ طب لميلنا شعرك ده، وخدي البسي الكاب والجاكيت بتاع مؤمن!

كنت أقلد خطواتهم الواسعة الرجولية في أثناء الطريق إلى ما وراء السور. أكاد أسمع صوت ضربات قلبي يرتفع، وأرجوه سرًّا ألا يتسلل إلى العلن. آخر ما أريده هو التسبب في مشكلة تؤذي أحدهم أو تؤذيني شخصيًّا إذا علم أحد من عائلتي بهذا الأمر.

كان الدخول إلى ما وراء السور بمبلغ بسيط يقدم لشاب شكلت

غُرز «المطاوي» في وجهه لوحة فنية، اختلطت بها عينه بحاجبه وفمه بذقنه. استكملنا الطريق، وكنت أتوسط الشباب الخمسة.

همست لحمادة بصوت خفيض:

ـ هما اللي واقفين على جنب دول واقفين كده ليه؟

رد حمادة هامسًا ضاحكًا:

ـ بيبيعوا حشيش.

فقلت صائحة:

ـ أحيه!

فرمقني مؤمن بنظرة حادة ألزمتني الصمت.

كانت تجربة ما وراء السور عبارة عن حارة طويلة بها أناس لا أراهم إلا في الأفلام، وقهوة بلدي ذات كراسٍ خشبية رديئة، وأصوات لعب طاولة ودومينو تثقب طبلة الأذن. لم يوافق عم حسين عامل القهوة في البداية مطلقًا على وجودي، معللًا بأن «عنده ولايا، وبيخاف ربنا، واللي ما يرضاهوش على حد ما يرضاهوش على بنات الناس»، إلا أن مؤمن استخدم نفوذ معارفه من المرَّة الأولى، وتوصلا إلى حل وسط، وهو الجلوس على رصيف الجهة المقابلة للقهوة.

ما وراء سور النادي كان يحمل معجمًا جديدًا من الشتائم البذيئة، وكثيرًا من «المعسِّل» الذي كرهت مذاقه أكثر من أي شيء، ولكنني صممت على شربه حتى لا أظهر أقل شأنًا من الشباب، و«شاي فرط» ظلت حباته ملتصقة بأسناني كالصمغ ومرارته أشعر بها حتى يومنا هذا.

❋ ❋ ❋

في هذه البقعة من الكوكب التي أطلقت عليها «بهاريز برلين» كان القانون الوحيد الساري هو عدم وجود قانون، ربما يرجع ذلك إلى عدم معرفة المسؤولين بهؤلاء الأشخاص الذين لا يبدون من حاملي البطاقات الشخصية أو معترفين أصلًا بوجود نظام، وربما ثقة من الشرطة بأن هؤلاء لن يستطيعوا العيش خارج هذا النطاق، وإذا خرجوا سينهارون مع الإشارات الإجبارية في الشوارع، وعدم تعاطي المخدرات علنًا، وخفض الأصوات ليلًا. كانت إقامتهم محددة بشكل غير مباشر.

بدأت الشمس في الغروب عندما مررنا بجانب بيت مهجور مظلم انبعثت منه موسيقى صاخبة. رفضت رفضًا قاطعًا الدخول. أنا بالكاد أظهر بشكل متماسك وأنا أرى ما أراه من حولي في ضوء النهار فما بالك بما يحدث في الظلام داخل هذا البيت المهجور؟ لحسن الحظ كانت هناك نافذة مكسورة تكشف عما يحدث في الداخل: مجموعة من الأشخاص يرتدون سلاسل بلاستيكية تضيء في الظلام، ومندمجون في الرقص والصياح، ثم ترى أشباحًا تركض بينهم، ثم تسمع صوت سقوط أحدهم ولا يبالي الآخرون!

على بُعد خطوات كانت عربة «البرجر» التي لم أسأل عن مصدر لحمها تنتظرنا بعد ساعات من السير وسط هؤلاء «الزومبيز». افترش بعض منهم الأرض يأكلون بشراهة، وشاركناهم أنا وعمرو الجلسة التي لم تنقطع فيها الموسيقى، ولا قطع أحدهم للحديث والقيام لأقرب حائط ورسم رسمة جديدة كأنما ندهته النداهة ثم العودة لاستئناف الطعام.

على الرغم من كل شيء غريب رأيته خلال هذه الساعات، إلا أنه

كان هناك شيء مضيء استشعرته ومن الصعب وصفه؛ شعور مرتبط بامتناني للموسيقى التي أسمعها هنا في هذه اللحظة، شعور مرتبط بكل تلك الرسومات المحيطة بي: من رسمة طفلة تحمل رضيعًا على كتفها، أو يد تغرز مخدرًا بإبرة في ذراع الآخر، أو رسمة هذا الشاب الذي يقف على كوم من النقود في ثقة واستهتار.

تذكرت مقولة صديقتي علياء: «لا يوجد أشرار حيث توجد الموسيقى».

* * *

كل هذه الأسوار التي عبرتها، وكل تلك المفاجآت التي انكشفت، ومعظمها خيَّب توقعاتي، إلا أن سورًا وحيدًا لم أقوَ على تخطيه حتى الآن، وهو سور علاقتي أنا وأدهم.

هذا السور الذي قمت بتشييده على مدار خمس سنوات كاملة، حتى أصبح صلبًا فولاذيًا مهيبًا لا أستطيع حتى التفكير في تسلقه. سور تم بناؤه ببطء وثقل وألم، سور تكونت كل طوبة فيه من ضحكة متبادلة وحلم متشابه وتلاقٍ لأعيننا الثاقبة.

بنينا هذا السور معًا بلا اتفاق مسبق، أو باتفاق غير معلن. في مراحل بنائه كنت أتسلقه بين الحين والآخر لأرسل رسالة أو لأتفحص صورة جديدة له وأتمعن في التفاصيل القديمة. سور تسلقته دائمًا بيد وقدم مرتعشتين ومترددتين، ولكن دائمًا كان الفضول أقوى مني.

ماذا لو كنت تسلقت هذا السور في بدايته، وأفصحت عن مشاعري كلها تجاه أدهم بمنتهى الشجاعة؟

ماذا لو كان هو الآخر تسلق السور وأكد لي ولو بكلمة أن كل

١١٦

مواقفه اللطيفة وكلماته التي تُثلج قلبي متعمدة وليست مجرد كلمات تخرج تماشيًا مع الصحبة الحلوة والجلسات الليلية؟

دعنا من «لو» التي لا تنتهي أبدًا.

ماذا أنا بفاعلة بهذا السور؟

تخلصت من سور روتين العمل القاتل والخوف من الخروج من المنطقة الدافئة المعتادة عليها. تخلصت من سور علاقة مُرة أخيرًا كنت أتشبث بها من دون جدوى ومن دون فائدة. سوران منيعان تخلصت منهما بين ليلة وضحاها.

لماذا لا أقوى على تخطي سور أدهم على الرغم من مرور سنوات وإحباطات؟

جئت آملة في بداية جديدة لحياتي، بداية هادئة غير مليئة بآلام سابقة، بداية من دون أسوار وقيود. أريد أن أشعر بكامل حريتي، ولكن هذا السور ما زالت فكرة وجوده فقط تُقيدني وتُضايقني.

على الرغم من اختفاء أدهم من حياتي خلال السنتين الماضيتين بكامل إرادتي هذه المرَّة إلا أن هذا لم يفلح في هدم السور.

هل أعود لتكرار سيناريو السنوات السابقة نفسه؟ هل أنا بهذا الغباء؟ لم تفلح سابقًا، ولن تفلح مجددًا، ولن أستفيد منها إلا مشاعر رمادية أنا في غنى عنها الآن مع هذه البداية الجديدة.

في طريق عودتي إلى الفندق وتفكيري في سور علاقتي بأدهم المنيع، رأيت فتاة تسير مع صديقتها وهي ترتدي تاجًا كُتب عليه: «بيرثداي جيرل» (فتاة العيد). كل عام وأنتِ بخير! بالتأكيد الاحتفال بعيد ميلادك في برلين له مذاق خاص.

تذكرت عندما أتممت عامي الثاني والعشرين، كنت أرتدي التاج نفسه، ذهبت أنا ومحمد وكثير من الأصدقاء للاحتفال به في بار بالساحل الشمالي.

في طريقنا للدخول، كان أدهم بالصدفة ومعه فتاة تتشابك يداهما في طريقهما للدخول أيضًا. تسمر كل منا للحظات، ولا أتذكر من منا بدأ بإلقاء التحية التي خرجت غريبة مني وأنا متعلقة بيد محمد.

وقفنا جميعًا على الباب ننتظر الدخول، أُلقي بنظرة سريعة خبيثة خلفي لأجده ما زال هنا. يتشتت قلبي بين شعورين دبا فيَّ في آن واحد: الأول شعور بالسعادة لوجودنا معًا في المكان نفسه، اشتقت إليه كثيرًا واشتقت إلى هذه الابتسامة. والآخر شعور غاضب بالغيرة والعصبية التي بررتها بالزحام وغيره.

دخلت إلى البار، وفي كل لحظة أنظر خلفي وأمامي وحولي، أحاول أن ألمحه في أي ركن حتى لو مع فتاة أخرى غيري.

اختفى تمامًا، كما لو أنه يقصد الظهور في هذا اليوم بالتحديد لتذكيري بما لا أريد تذكره، كما لو أنه كان يقصد الظهور في هذا اليوم بالتحديد لتذكيري بأن سعادتي هنا مع كل هؤلاء لحظيَّة فقط. أريد تخطي سورك يا أدهم!

أشعر أحيانًا بالغضب تجاه نفسي، وتُجرح كبريائي، كلما تذكرت أن شخصًا واحدًا فقط على هذا الكوكب يؤرقني مثلما تؤرقني أنت! الله يلعن «قهوة أسوان» بـ«الكوربة» والسينما والكتابة والضحكة الحلوة ومصر الجديدة وحديقة بناية مصر الجديدة، وفيلمنا المفضل وبوستر فيلمنا المفضل، وهذا الطريق من وسط البلد إلى مصر

الجديدة الذي يقودك في النهاية إلى مقابلاتنا، وواتساب ورسائلنا على واتساب ورموشك الكثيفة وحس فكاهتك اللعين!

أريد تخطي هذا السور فقط، وسأحاول وعد نفسي بكتمان فضولي تجاه ما سأقابله مجددًا من أسوار.

لكن هذا السور القوي الفولاذي المنيع، كيف يمكن تخطيه؟

التلاشي في الغربة(*)

«هيرهوجوورد» ٢٠١٦

كلما زرت جدتي في بيتها الصغير القديم، أصرت على إخراج صور الماضي التي حفظناها ولكننا لا نمل أبدًا من مشاهدتها والتنمر عليها. مرت بيدي صورة لكل العائلة وقد توسطها خالي، كانت الصورة صفراء باهتة مثل الصور الفنية التي نتلاعب بألوانها على إنستجرام، أكثر ما أحببته في هذه الصورة هو ضحكة كلٍّ منا الحقيقية، قلبت الصورة وقد كُتب على ظهرها: «يوليو ١٩٩٨. محمد رجع من هولندا بالسلامة».

في عام ١٩٩٨، عمت الفرحة أرجاء بيت جدتي الصغير الدافئ الهادئ، هرج ومرج، وجميع أفراد العائلة مجتمعون في شرفة البيت

(*) «التلاشي في الغربة» هي قطعة فنية نحتها الفنان السوداني محمد حسين، على شاطئ مارسيليا. تتكون هذه القطعة من تمثال لرجل يدخل مدينة جديدة وهو يحمل حقيبة ولا وجود ليده وجزء من جسده، ثم تمثال آخر للرجل نفسه يحمل الحقيبة نفسها، ولكن اختفى جزء أكبر منه هذه المرَّة، وفي التمثال الثالث تظهر فقط قدماه، وحقيبته ملقاة بجانبه.

الصغيرة، متراصون في لهفة، وقد قامت جدتي برفع الستارة الزرقاء التي كانت تسد الرؤية وأحيانًا الشمس. أن ترفع «تيتة» الستارة التي تصر على إسدالها دائمًا أمر له معنى جلل. هناك شيء عظيم يحدث لم أستطع فهمه وأنا في السادسة من عمري، ولكنني أستطيع تمييز الفرحة والحماس في وجوه الجميع من حولي.

انتقل الجميع فجأة وبسرعة من الشرفة إلى باب الشقة. فُتح الباب ورأيت «تيتة» تبكي بسعادة، هكذا فهمت وقتها معنى دموع الفرح. دخل رجل طويل ورفيع أخذ يحتضن كل من يقابلهم في طريقه، حتى جاء دوري فرفعني عن الأرض واحتضنني بشدة، وسمعت أمي تقول لي في حماس:

ـ سلمي على خالو يا ميرنا!

أوك، هذا خالي إذن. لم يتغير رد فعلي كثيرًا بعد الجملة، وظلت عيناي الواسعتان تحدقان فيه في محاولة للتعرف على هذا الغريب القريب.

قال خالي:

ـ جبتلك حاجة جميلة جميلة! بُصي شبهك إزاي؟

وأخرج من وراء ظهره دمية «ميني ماوس» جديدة وفاخرة. ضغطت على يد الدمية من دون قصد فبدأت في الغناء، وبدأت ابتسامتي في الاتساع وعيناي في اللمعان، وبدأت ابتسامة انتصار ترتسم على شفتيه كما لو أنه نجح في مهمة صعبة.

كلما خرج خالي من البيت أخذني و«ميني ماوس» معه في كل مكان: في مقابلات الأصدقاء، أكلة آيس كريم، شيشة على قهوة رديئة

اشتاق إليها بعد سنوات من الغربة. تعلقت به كثيرًا، كان يسمع مني كل شيء عن أي شيء، وكلما توقفت أمام متجر أشاهد شيئًا من باب الفضول الطفولي دخل ليبتاع لي المتجر بأكمله.

لا أتذكر تحديدًا المدة التي مكث فيها خالي في هذه الزيارة، ولكنني أذكر جيدًا دموعي وتعلقي بساقه وهو مُحمَّل بحقائب الوداع من جديد. يكفي القول إنه عند انتقالنا إلى بيت جديد، سرقت كل صور خالي القديمة من دولاب ذكريات جدتي المليء بالصور والحكايات ولصقتها على حائط غرفتي.

لم يعد خالي مجددًا من هولندا إلا في عام ٢٠٠٥، مع حبيبته الهولندية اللطيفة، لكن هذه المرَّة قل الهرج والمرج في بيت جدتي، وتغيب بعض أفراد الأسرة عن الاستقبال. ثماني سنوات لم أسمع فيها عن خالي مطلقًا، وسط تخبطات في حياتنا الأسرية، ولكنني ظللت محتفظة بـ«ميني» الدمية معي من دون خدش، وظلت ذكرى استقباله الأولى في ذاكرتي لم تُمحَ. تلاشى خالي من حياتي مع الوقت، مثلما تتلاشى أشباح أفلام هوليوود، يقل وضوح الصورة شيئًا فشيئًا حتى تختفي تمامًا.

تهربت في كل مرَّة سافرت فيها خارج مصر من الذهاب إلى هولندا، هذا البلد الذي ابتلع خالي بالكامل حتى أصبح مجرد سراب وبعضًا من الصور الفوتوجرافية القديمة التي سقطت من على الحائط ولم أهتم حتى بانتشالها من وراء السرير.

لم أفلح هذه المرَّة في التهرب من الذهاب إلى هناك، خصوصًا أن شقيقتي قد سبقتني بالزيارة وتنتظرني، أو ربما شعرت برغبة في عدم

التهرب مرَّة أخرى، مثلما قررت أن أتغلب على خوفي من الظلام بالمكوث في غرفتي المظلمة لساعات. أصبحت مع الوقت مُحمَّلة بكمٍّ من المشاعر والمخاوف المُعلقة التي لا تفلح إلا في جذبي إلى الخلف وتُثقل روحي كثيرًا، كأنني بهذه الرحلة قررت غلق كل الدفاتر القديمة المفتوحة بداخلي، أريد التخلص من أي ضغينة أو نقمة تجاه أي شخص في حياتي.

قادمة من برلين المشرقة إلى أمستردام الغائمة، الجو بارد يليق بمشاعري تجاه البلد واللقاء، ولا يشفع دفء معطفي أو دفء ذكرى «ميني ماوس» في إضفاء بعض الحرارة على المشهد.

لا أجد خالي في المطار لاستقبالي، فيضاف إلى حنقي وغضبي حنق وغضب أكبر. انتظرت دقائق لأجده يأتي من بعيد يلوِّح لي، وكلما اقترب شعرت بجمود في أطرافي التي رفضت الانصياع لعقلي، فكسب قلبي الحجري جولة أخرى. استقبلني بحضن حار أعاد إلى ذاكرتي حضن السادسة من عمري، تعللت بحقائبي الكبيرة ولم أبادله الحضن.

قال خالي في محاولة لكسر جليد اللقاء:

ـ أنا ما بقيتش ساكن في أمستردام، أنا ساكن في مدينة صغيرة اسمها «هيرهوجوورد»، بس أختك مستنيانا في «ألكمار»، هنروحلها وبعدين نروح على «هيرهوجوورد». بردانة أقلعلك الجاكيت؟

لغته العربية غير السليمة ظلت تذكرني مع كل كلمة ينطق بها بكل السنوات التي غاب فيها، وكل الأيام التي لم أسمع فيها منه

أي شيء على الإطلاق، حتى نبرة صوته تغيرت كثيرًا وأصبحت واهنة وخافتة.

غمغمت في هدوء:

ـ لا، أنا تمام.

ـ مش هو ده الطريق لـ«ألكمار»، بس أنا هاخدك أصوَّرك عند محطة أمستردام من بره، هتبقى صورة ممتازة!

ـ أنا مش عايزة أتصور، أنا عايزة أروح لأختي أو البيت! مرهقة من السفر!

ـ تعالي بس!

ربما يعرف ولعي بالتصوير، لا أدري، ولا أظن أنه يعرف ما أحبه أو أكرهه، ولكنه بدهاء استطاع أن يقنعني بهذه الصورة مثلما استطاع أن يقنعني بابتسامة عند تقديمه «ميني ماوس» لي.

«هيرهوجوورد» مدينة صغيرة ومخيفة جدًّا، بيوت قصيرة مدببة السقف، تحاول بعض الورود في الخارج إضفاء بعض الحياة عليها، لون الأشجار الأخضر الذي يحيط بي من كل اتجاه يعطي انطباعًا بأنه في المكان الخطأ، فهو ينتمي إلى مكان أكثر حيوية وأقل كآبة. إنها من المدن التي تُرتكب فيها جريمة قتل غامضة في الأفلام الأمريكية، أو مدينة تليق بعجوز متقاعد سئم الحياة في المدينة الصاخبة وقرر البقاء هنا حتى توافيه المنية.

لماذا وافقت على المجيء إلى هنا؟ ظل هذا السؤال يتردد في عقلي مع كل خطوة أخطوها بجانب خالي في الطريق. رائحة السجائر تغطي كل شيء في منزله، المنزل خالٍ من الحياة،

كما بدا هو أيضًا هادئًا، ولا يخترق الصمت المُقبض إلا موسيقى كلاسيكية تنبعث من ركن في المنزل، وتلفاز صغير ينقل أخبار «السي إن إن» على وضع صامت.

قال في حماس نادرًا ما يخرج منه:

ـ يلَّا نخرج.

أجبت بسرعة وكأن رفضي هو عنوان الزيارة:

ـ لأ. مش عايزة!

أرجوك لا تحاول ملاطفتي أو التعامل بحنان أو تمثيل الحماس لوجودي هنا. رمقتني أختي بنظرة جانبية طالبة مني التوقف عن هذه الطريقة، فسارعت بالتوضيح أنني متعبة ومرهقة من السفر وقلة النوم، ولكنه أصر وأصرت هي الأخرى. لا أدري كيف استطاعت أختي أن تتغلب على كل مشاعر الغضب والكره تجاه كل فرد كان مُطالبًا بالوجود في حياتنا ولم نجد منه إلا غيابًا. تغلبت هي، وظللت أنا عالقة وسط مشاعر سوداء حانقة وغاضبة تجاه الجميع، تتكاثر وتتغذى عليها خلايا قلبي يومًا تلو الآخر، حتى امتلأ عن آخره ولم يعد هناك متسع لأي لُطف.

العاشرة مساءً، وما زالت السماء مضيئة بنور الشمس. نزلنا إلى الشارع الهادئ وسرنا في اتجاه المول.

اقترح خالي:

ـ تلعبوا بولينج؟

قلت ساخرة بصوتٍ عالٍ:

ـ بولينج؟ بجد؟

كان من المفترض أن تظل مجرد فكرة صامتة تمر في عقلي مثل مئات الأفكار المارة التي تأبى الخروج مهما حاولت. شعرت ببعض الحرج، فوافقت بترحاب مُفتعل.

لم تكن مباراة بولينج، بل كانت أشبه بانتقام طفولي مني، لم أجد إلا الكرات الثقيلة لإخراج غضبي فيها، كنت أريد الفوز أكثر من أي شيء، ربما لإثبات أنني لم أعد الطفلة الصغيرة المدللة التي سوف يقتلع منها ابتسامة وحبًّا بلعبة، ولم أعد هذه المراهقة المتمردة التي علَّمها لعب البولينج والبلياردو في محاولة للتقرب منها ومعرفة أسرارها.

توالى مكسبي في البولينج ثم البلياردو، وحان وقت العودة إلى المنزل، فلا أحد يسهر في هذه المدينة المخيفة بعد منتصف الليل. كان خالي يتقدمنا في السير، حتى بدأت أختي في الحديث على الهاتف مع زوجها، فتقدمت أنا أيضًا لإعطائها الخصوصية المطلوبة.

لا أدري إذا كان الطريق من المول إلى المنزل طويلًا أم أن الدقائق تثاقلت أثناء سيري إلى جانبه. شعرت بذراعه تحيط بي وتحتضنني إلى جانبه في صمت. اغرورقت عيناي بالدموع، ولأول مرَّة لم أصُدُّه أو أرفض محاولاته المستميتة لإرضائي. أحطته أنا أيضًا بذراعي، وشعرت بنحولة جسده للمرَّة الأولى؛ لم يعد ذلك الشاب القوي، مفتول العضلات، الذي كنت أراه يوميًّا على حائط غرفتي، تغيَّر وتغيَّرت، لم يعد خالي صاحب دمية «ميني ماوس» التي نسيها على الأرجح، ولم أعد أعرف مكانها أنا أيضًا. عاودني شعور الطفلة

الصغيرة نفسه ـ الطفلة ذات الأعوام الستة والعيون الواسعة التي كانت تُحدق به وتتفحصه للمرَّة الأولى.

التمسك بما ولَّى ومضى يجعلني غير قادرة على استيعاب الجديد من حولي، ولكن في الوقت ذاته أريد من الكل استيعابي. أليست هذه أنانية؟ تذكرت حديثًا مع صديق توصلنا فيه إلى أن كل فعل في حياة الإنسان يكون مصدره أو سببه أو نتيجته الأنانية، حتى الحب نفسه أنانية، وأن أقل مظاهر الأنانية تتجسد في الاحتواء والتقبل.

لا يمكنني منع التغيير، ولا يمكنني العودة إلى الماضي وإحياؤه، مهما حاولت فسيظل هناك جزء ناقص لن يعود أبدًا. لا يمكنني أيضًا محاربة التغيير للأبد، وأسرع طريقة لمحاولة التقرب من هذا التغيير هي احتواؤه مثلما احتويت خالي الجديد في ذراعي.

اللهم امنحني السكينة لأتقبل الأشياء التي لا أستطيع تغييرها،

والشجاعة لتغيير الأشياء التي أستطيع تغييرها،

والحكمة لمعرفة الفرق بينهما.

هذا الدعاء يردده المدمنون المتعافون حول العالم في جلساتهم واجتماعاتهم الدورية، وأدركت أنني أيضًا مدمنة لذكريات ومشاعر أحاول التخلص منها.

تذكرتها، وظلت تتردد في ذهني طوال الطريق إلى المنزل. السكينة هي كل ما أريده لروحي قبل قلبي. وأدركت أن الاحتواء أقل احتمالًا من الغضب وأخف ثقلًا.

دخلت إلى المنزل الذي امتزجت فيه رائحة المعطر الخاص بي برائحة سجائر خالي. توجهت إلى الغرفة وتقوقعت في السرير.

الطقس بارد على الرغم من أننا في يوليو. لم يأتِ النوم بعد. مددت يدي وأمسكت بالهاتف أتابع ما يجري هناك في مصر من تعليقات طريفة على فيسبوك. ضغطت على زر البحث، وكتبت في هدوء اسم أدهم. ها هو!

سنتان أو أقل قليلًا مضتا منذ آخر مرَّة تقابلنا أو تحدثنا فيها، لكنه لم يتغير، اكتسب بعض الوزن ربما، وأصبح أكثر وسامة، ولكن بالضحكة الساحرة نفسها، والرموش الكثيفة نفسها التي تكسو عينيه والتي سرقت قلبي منذ اللحظة الأولى، حس الدعابة نفسه الذي لا يفشل أبدًا في إضحاكي، وما زال أيضًا مولعًا بالسينما والأفلام. أمضيت ساعات طويلة في تلك الليلة أراقب كل ما فاتني من حياة أدهم خلال الفترة الماضية: فتاة جديدة كالعادة، وترقيته في العمل، هذه البدلة كحلية اللون التي تظهره بشكل فاتن.

في اليوم التالي ابتعنا أنا وأختي لخالي لوحة بها حكمة بديهية ما، وعلقناها على حائط منزله الكئيب، فاستطاعت أن تضفي على المكان بعض الحياة، ولكنني قررت عدم المكوث ليلة أخرى في «هيرهوجوورد». الاحتواء مريح، ولكنه لا يحيي المشاعر!

العشاء ما قبل الأخير

براج ٢٠١٦

المحطة الثالثة وقبل الأخيرة لي في هذه الرحلة هي براج: بلاطها البني القديم غير المتساوي، مبانيها القديمة التي تُشعرك بالألفة، هذه الشوارع الضيقة التي تُشعرك بأنها ستقودك إلى كنز خفي في نهاية المطاف، السماء المُلبدة بالغيوم، درجة الحرارة المضبوطة على ذوقي بالمسطرة.

الليلة الثانية لي هنا في براج وقبل الأخيرة أيضًا. جرت العادة ألا أمكث في المدينة نفسها أكثر من ثلاث ليالٍ، ولو سألني أي شخص عن السبب يكون ردي:

ـ لا أدري كيف أصبحت عادة. فقط تعودت تلقائيًّا على ذلك!

ولكنني أعرف جيدًا الإجابة؛ أصبحت مع الوقت لا أريد التعلق أكثر مما ينبغي بمكان أو بشخص أو بأي شيء.

ولأنني أشعر بعدم الانتماء والارتياح الكافي في بلدي، ولأنني إذا شعرت بمدينة أخرى تفتح لي ذراعيها وتحتضنني فلن أقوى أبدًا على

الرحيل، وحتى أوفر على نفسي وعلى مَن حولي عناء تضميد جراح جديدة، قررت أن أضع قواعد وحدودًا لكل مكان، وشخص أيضًا!

جلست على سرير غرفتي مُنهكة بعد نهار طويل في شوارع براج التي وضعتها على قائمة أحلى المدن منذ اللحظة الأولى التي وقعت فيها عيناي على شوارعها. بعد فترة من السفر أصبحت نوعًا ما ماهرة في الاستماع إلى لغة المدن، فأعرف عندما تُرحب بي مدينة، وعندما تنفر مني مدينة ثانية، وعندما تقول لي ثالثة بمنتهى الصراحة إنها مجرد محطة في رحلة، وبراج كانت من النوع الأول.

لم أكن في حالة جسدية تسمح بالتجول أو استكشاف المدينة، فقررت فجأة أن أدلل نفسي وأدعوها إلى عشاء فاخر في هذا الفندق الفخم في وسط المدينة.

فندق تشيكي من القرن الثاني عشر، من فئة الخمس نجوم، عتيق وفاخر، وكلما مررت من أمامه شعرت بالهيبة والانتقائية التي تجعلك تحس بأنك أقل من هذا المكان حتى لو كنت تملك المال الكافي لعشاء فيه أو تتحدث أربع لغات.

ماذا سأرتدي؟ أطلت النظر في حقيبة سفري، ولمحت هذا الرداء الأحمر الذي اشتريته في أمستردام، وقررت أن أحتفظ به لمناسبة ما أو يوم مميز عند عودتي إلى القاهرة.

وما المميز أكثر من هذه اللحظة؟ ما المميز أكثر من صحبة نفسي ومن هذا الشعور بالرضا والسعادة الذي يتتابك عندما تنظر إلى المرآة وتجد ما يسر عينيك؟ قررت ارتداءه وضرب كل ما كان مميزًا من وجهة نظري حتى تلك اللحظة بعرض الحائط.

نزلت من الفندق، ونلت إطراءً لطيفًا على مظهري من موظف الاستقبال، وخرجت في الشارع وطلبت من إحدى المارات التقاط صورةٍ لي، وأنهت الصورة بإطراء آخر. أليس هذا مميزًا كفاية؟ أن أشعر أنني جميلة؟

قررت أن تكون هذه الليلة لي وحدي، لن أفكر في أي شخص غيري، سواء بذكرى حلوة تُشتت تركيزي وتُلهيني عن التأمل في جدران هذا الفندق الذي امتلأ بهوه بصور المشاهير، أو بذكرى سيئة تزيد على هذه الوحدة مرارًا لست مؤهلة له.

وصلت إلى الفندق، واخترت طاولة لفردين، أنا ونفسي! مطعم الفندق من الداخل جعلني أشعر كما لو أنني أميرة أو سيدة أعمال ناجحة جدًّا في رحلة عمل قصيرة. شعور الفخامة والهيبة تسلل إلى جسدي ونفسي، ووجدتني أعتدل مستقيمة في مجلسي، وانتميت إلى هذا المكان بكل تفكيري ومشاعري.

كل ما جال في تفكيري هو كم السعادة التي أشعر بها أثناء الوحدة في المطلق مؤخرًا. لا أحد يمكنه فهمي أكثر من نفسي، مهما شرحت ومهما عبرت عما بداخلي، حتى أقرب الأقربين أتركهم في غفلتهم يتباهون بأنهم يعرفونني جيدًا، أصبحت أستمتع بالأصوات داخل عقلي أكثر من الأصوات خارجه، أصبحت الكلمات التي تخرج مني ثقيلة جدًّا على لساني على الرغم من تحرر روحي من كثير من الأعباء النفسية.

تذكرت والنادل يصب لي الماء مناقشة دارت في القاهرة مع محمد، عندما سألني عن تخيلي لشكل حياتنا، وعما يدور في ذهني في هذه اللحظة.

قال ضاحكًا:

ـ بتفكري في إيه دلوقتِ حالًا؟ اعترفي.

أكره هذا السؤال، أعتبره تعديًا غير مفهوم وغير منطقي على مساحتي الشخصية. كلما سألني السؤال نفسه تهربت من الإجابة: «أبدًا، لا أفكر في شيء. فقط مستمتعة بالجو!».

لأنني أدرك أن الإجابة لن تعجبه، ولن تكون مُرضية أبدًا، وأنا تعلمت أنني إذا لم أقوَ على قول الحقيقة فعلى الأقل لا أتظاهر، ولذلك كانت «لا شيء» أكثر إجابة مُرضية للطرفين. ولكنني في هذه الجلسة بالتحديد قررت أن أُفصح عما يدور في عقلي، لأنني سئمت هذا السؤال وسئمت التظاهر وسئمت التدخل في مساحتي الشخصية. أجبت بمنتهى البساطة والتلقائية ولاحظت تعابير وجهه تتقلص وتتغير:

ـ مممم. بافكر أنهي هيبقى أحلى عليَّ في فرح يارا أختي، فستان أحمر ولَّا فستان أخضر، إيه رأيك إنت؟

ثم ساد صمت الإحباط، وسألني باستنكار:

ـ أحمر ولَّا أخضر؟! فستان؟! هو ده فعلًا اللي بتفكري فيه وإحنا قاعدين نتكلم في حاجة مهمة تخص مستقبلنا؟!

«نعم! هذا ما أفكر فيه! ما رأيك؟ هل صدمك ما يدور في عقلي؟ هل كان لا بد أن تكون إجابتي متناسقة مع توقعاتك الشخصية؟».

كان لا بد لهذه الإجابة أن تُنطق في يوم من الأيام حتى نُغلق باب السؤال عما يدور في عقلي، كان لا بد له أن يعلم أن اقتحام هذه المنطقة المقدسة له عواقب وخيمة.

جاء النادل بطبق البط على الطريقة التشيكية اللذيذة. كان على الطاولة المقابلة لي بعض الأصدقاء كبار السن يضحكون ويمزحون بدعابات إنجليزية جعلتني أضحك معهم. تذكرت في الوقت نفسه أعز أصدقائي، شمس، عندما اعتاد مؤخرًا على تقوقعي في وحدتي واحترامها وإعطائي مساحتي المطلوبة من دون ضغط أو أسئلة فضولية فارغة.

سأتذكر عند عودتي بالتأكيد دعابات هؤلاء الرجال، سيسألني شمس عن سر ابتسامتي، فأقول له إنني تذكرت موقفًا مضحكًا حدث أمامي أثناء رحلتي الأخيرة في براج، فيعتدل متحمسًا لأحكي له، أنتهي من حكاية الموقف وسط ضحكاتي المتقطعة كلما استعدت المشهد، فأجده صامتًا لا يفهم ما المضحك في هذا الموقف، وينتهي الحديث بابتسامة قصيرة منه ينتقل بها إلى حديث آخر نستوعبه معًا. لم أعد أستطيع التعبير بشكل سليم، ولم أعد أسمح للمقربين بالاقتراب الكافي ليروا ما أراه.

قد تصبح الوحدة إدمانًا، إدمانًا حقيقيًّا يصعب التخلص منه مثل المخدرات. كلما زادت وحدتك التي تستمتع بها، أرهقك التعامل والتحدث مع من حولك. كلما اكتشفت دهاليز عقلك الخفية أثناء السكون والمكوث في غرفتك وحيدًا، أصبحت شرهًا لاكتشاف المزيد عن نفسك. كلما سافرت وحيدًا وشعرت بأنك ملك نفسك ووقتك ملكك ويمكنك أن تقضي اليوم كله خارج الفندق من دون تململ ممن يرافقك أو تعديل في خطتك، شعرت بأن الوحدة تزيح عن نفسك همومًا حقيقية.

لكن المشكلة تكمن في أن الوحدة وإدمانها تصيبك بالنشوة والسعادة في أول الأمر، ومع الوقت ومع الاعتياد عليها وأخذ جرعات أكبر، تتركك في النهاية ضعيفًا مهترئًا منكمشًا وخائفًا، تود وقتها أن تتحدث مع أحدهم لينقذك ويحل عقدة لسانك فلا تجد نفسك قادرًا على الحديث أو الكلام أو التعبير.

وعلى الرغم من شعوري بالسعادة بالسكون أثناء العشاء المكون من البط الشهي الذي لم أذق في جماله من قبل، والبطاطس المقرمشة، ومشروبي المفضل الذي نجح في تصفية ذهني، إلا أنني تمنيت لو كان أحدهم هنا يؤكد لي مدى حلاوة مذاقه أو حتى يعبر عن عدم إعجابه به، فيثار غضبي وأدافع عن البط كما لو كنت أنا من طهيته.

وتذكرت أنني كلما شعرت بأنني جميلة، وأرتدي رداءً رائعًا، وأشعر بالسعادة، تضاعفت هذه السعادة قبل الخروج لو سمعت من والدتي إطراءً عن مظهري أو تعديلًا منها يجعلني أجمل.

احتسيت مشروبًا آخر بعد العشاء، وأشعلت سيجارة، وأنا أحاول التركيز مع النادل الذي وهب نفسه لتلميع الكؤوس الفارغة أمامه على البار، على أمل الهروب من أفكاري، ولكنها كانت محاولات عبثية.

توصلت إلى أنه على الرغم من حبي الشديد لوحدتي، فإنني لا يجب أن أستسلم لها. يجب أن أقاوم راحتها وسكونها بكل ما أوتيت من قوة، لأنني لا أريد بأي حال من الأحوال أن أجلس في المطعم نفسه مرتدية رداءً جميلًا بتسريحة شعر منمقة لكن رمادية هذه

المرَّة، ويلفت انتباهي التجاعيد التي انتشرت في يديَّ وبرزت منها عروقي الزرقاء. أنظر إلى المقعد أمامي فلا أجد إلا حقيبتي ونادلًا يتجاذب معي أطراف الحديث كي لا أمل من الجلسة وأُنهي حسابي مبكرًا. يجب أن أقاوم هذه الوحدة لأن التعلق بمكان أو شخص ولو على أثره كُسر قلبي حزنًا، فإنه أحلى وأمتع من قلب جليدي لم يعد ينبض إلا بشكل ممل روتيني.

رسالة واحدة أخيرة، من فضلك

القاهرة ٢٠١٧

الخميس ٢٣ فبراير ٢٠١٧، يوم مشمس دافئ في القاهرة، يوم خالٍ من أي ارتباطات على الإطلاق. استيقظت في الحادية عشرة صباحًا، توجهت إلى المطبخ كالروبوت لإعداد كوب من القهوة. الجو به نسمة باردة منعشة أحبها. أمسكت بكوب القهوة وتوجهت إلى الشرفة.

لم أكن من محبي الشتاء قَطُّ، كان يمثل لي الكآبة والحزن. شيء ما تغير فيَّ مؤخرًا، لم أعد جامدة وثابتة في مشاعري تجاه كل شيء. فهمت واستوعبت أن هناك أنواعًا مختلفة من الحب، ليس ضروريًّا كره الشتاء فقط لأنني أحب فصل الصيف أكثر. أهذا هو النضج الذي سمعتهم يتحدثون عنه؟ ربما.

أصبح حبي للشتاء مختلفًا عن حبي للصيف. إحساس الدفء الذي تتخلله قشعريرة في الجسد بسبب هذا المنفذ الذي يتسرب منه الهواء البارد داخل ملابسي. أصبحت متحمسة لفكرة تغير الفصول واختلاف

كل فصل عن الآخر. لم يعد الشتاء مرتبطًا بالكآبة والحزن، بل أصبح يسبب لي شعورًا مختلفًا وجديدًا لا أستطيع وضع مرادف له. أعتقد أن ما توصلت إليه مؤخرًا أن كل إحساس في هذه الحياة، سواء حب أو كره أو غيرة أو حزن أو وجع قلب، له حلاوته، والحياة الحقيقية تتجلى عندما تبدأ في الشعور بكل إحساس حولك، وتترك نفسك تمامًا لهذا الإحساس، مثلما تركت نفسي للشتاء واستسلمت له ليحببني فيه، واشتريت الكثير من المعاطف الثقيلة، وتناولت الآيس كريم مع هطول المطر.

وقفت أتأمل السماء وسُحبها، والشجر وعصافيره، والزحام وضجيجه، كل شيء يبدو كلوحة مرسومة اليوم. أغمضت عينيَّ في امتنان حقيقي ونصف ابتسامة.

عادةً أشرب النصف الأول من كوب القهوة ساخنًا، ثم أترك النصف الآخر ليبرد وأرشفه على مراحل، طقس عجيب لم أجد من يمارسه غيري ولا أجد له مبررًا.

بدأت في احتساء النصف البارد من الكوب، وأمسكت بهاتفي، وفتحت حسابي الشخصي على فيسبوك لأُعبر عن حبي لهذا الجو. عوَّدت نفسي على مشاركة أحاسيسي ومشاعري حتى لو تافهة منذ عودتي من الرحلة الأخيرة. مرت أمامي صورة مقربة لأدهم، يبتسم فيها حتى ضاقت عيناه وتجمعت رموشه الكثيفة إلى جانب تجاعيد طفيفة في العين، وسمعت صوتًا يكسر هذا الاستمتاع:

«رسالة واحدة أخيرة، من فضلك».

لا يوجد أحد غيري في المنزل، والدتي في الإسكندرية، البيت خالٍ من الأشخاص، من أين يتردد هذا الصوت إذن؟

«مفيش داعي للدراما دي، الصوت ده من جوالكِ. يلَّا! رسالة واحدة أخيرة، هتخسري إيه؟».

أغلقت فيسبوك، وتركت الهاتف، وتوجهت إلى الغرفة، في محاولات بائسة لجمع ملابسي التي انتشرت في أرجائها.

«سيبك من اللي بتعمليه ده وركزي معايا. ده وقت ترويق الأوضة؟ وبعدين من إمتى بتروقي أوضتك أصلًا؟!».

هذا الصوت لا يهدأ ولا يسكت أبدًا. لقد أُصبت بالجنون!

شرعت في ارتداء ملابسي والاستعداد للخروج من المنزل، ووقفت أمام المرآة لوضع بعض الماكياج.

«إنتِ بتلبسي كده ورايحة فين فجأة؟ إنتِ فاكرة يعني إني كده هاسكت؟!».

ظللت متسمرة أمام المرآة. هذا الصوت أقوى من كل محاولاتي لتشتيته. استلقيت على السرير ونظرت إلى انعكاسي في المرآة.

تملك هذا الصوت مني تمامًا، حتى تحكَّم في يدي وجعلها تمسك بالهاتف وتضغط على زر إرسال رسالة إلى أدهم على فيسبوك: «هوَّ إنت فين من حياتي؟».

ضغطت زر الإرسال، وأغمضت عينيَّ بشدة في انتظار نتيجة مأساوية لهذا الفعل الطائش. مرت ثوانٍ ثقيلة، ثم رن الهاتف برد على الرسالة: «أنا في الشغل، إنتِ اللي فين؟».

لم يتأخر أدهم يومًا في الرد على أي رسالة، حتى لو بعد عامين كاملين من عدم التواصل، ها هو يجيب كما لو كنا معًا البارحة! «هات نمرتك».

انتقلنا بالمحادثة إلى واتساب، كانت محادثة غريبة جدًّا، يحكي لي مواقف حدثت له للتو بمنتهى السلاسة والبساطة، من دون حتى السؤال عن اختفائي، أو الحديث عن اختفائه، أو ذكر ظهوري المفاجئ. كان يُسهل كل شيء كعادته.

ظللنا نتحدث بالساعات عن كل شيء: عن استقالتي من العمل، وإنهاء علاقتي بمحمد، وعن خططي القريبة، وعن عمله الجديد، ومواقفه المضحكة. ظلت هذه المحادثة مفتوحة حتى منتصف الليل.

«إنت عارف إني باكتب كتاب عن سفرياتي؟».

«الله! عايز أقرا!».

«هابعتهملك اقعد مزمز فيهم كده وإنت سهران في الشغل».

«ماشي، ابعتي يلَّا».

أرسلت إليه بعض الحكايات والمواقف التي كتبتها والتي كوَّنت ما يشبه الكتاب، واستأذنت للنوم.

عندما استيقظت في صباح اليوم التالي، وقبل أن أتحرك قيد أُنملة من السرير أمسكت بهاتفي وأرسلت إلى أدهم:

«صباح الخير».

«صباح النور. صح النوم! قومي كفاية».

«صحيت أهو خلاص».

«إنتِ عظيمة يا ميرنا، كتابتك عن مشاعرك كانت حلوة جدًّا!».

«لحقت تقراهم؟!».

«قريتهم كلهم. كلهم تحفة! حكاياتك وقصصك، وحبك لكل

حد تشوفيه، وتخيلك لقصص حب ما كملتش وأحلامك. يا لهوي!
جميلة!».

«دايمًا باخاف من رأيك في الكتابة عشان لسانك طويل وما
بتسترش مجالك. فرحتني أوي».

«حلوين أوي أوي. كملي!».

«فيه قصة معينة نسيت أبعتهالك فكرتني بموقف حصل ما بينا،
وأنا باكتبها ضحكت أوي وافتكرتك».

«عارفة؟ قصصك خلتني أتمنى لو كنت جزء منها، ودي أعلى
درجة إعجاب عندي لأي حاجة باقراها أو باتفرج عليها».

في حضرة الإمبراطورة

حرارة الجو تصل إلى ٣٢ درجة مئوية. أرى الناس من حولي في كل مكان يسكبون زجاجات المياه على رؤوسهم، ويحتمون بأسقف المتاجر، ويصطفون في طوابير انتظارًا لدورهم في الجلوس في مكيفات هواء المقاهي. إنها أعلى درجة شهدتها فيينا منذ سنوات على حد قول صديقي حسين الذي يقيم هناك. وعلى الرغم من حرارة الجو التي لا يتحملها حسين نفسه، وتصبب العرق على جبينه، فإنه أصر على قضاء يوم إجازته في مرافقتي والتنزه في المدينة. اقترح حسين أن نذهب إلى قصر «شونبرون»، وهو القصر الصيفي الخاص بملوك النمسا في زمن ولَّى.

لا أحب زيارة الأماكن السياحية على الإطلاق، وفيينا لم تكن مُرحبة بي بالشكل الكافي على الرغم من استقبال حسين لي في محطة القطار بالشوكولا. حرارة الجو لم تمنع برودة روح المدينة، فيينا تشبه المنطقة الرمادية التي أردت الهروب منها في هذه المرحلة

من حياتي، مرحلة اللاحب واللاكره، استقرار المشاعر والأحداث، وتوالي الأيام والليالي فارغة الحياة. أُفضل الحزن والتعاسة ألف مرَّة عن رتابة الشعور. قال لي صديق في إحدى محادثاتنا التائهة المتشابكة إنه تعلم حكمة أثناء تواجد والده بالمستشفى، وهي أن حياتك يجب أن تشبه مؤشر جهاز القلب، خطوط مترابطة تعلو وتهبط، تُشكل مرتفعات ومنحدرات، هكذا يمكنك أن تطمئن أنك حي فعلًا، وأن الخطر الحقيقي يأتي عندما تبدأ هذه الخطوط في التباطؤ والتقارب شيئًا فشيئًا، ثم يُفقد الأمل تمامًا عندما تتحول إلى خط مستقيم ثابت لا يتحرك مصاحبًا بنغمة الجهاز الرتيبة المزعجة. كانت هذه النغمة هي الموسيقى الخلفية المصاحبة لأيامي مؤخرًا.

شيء ما يمنعني من الشعور بفيينا، فعلى الرغم من الجمال الذي يأسر أي شخص يزورها، إلا أنها تشبه المعارف الذين يظهرون في حياتك كل فترة للسؤال عن الأحوال لمجرد قضاء الواجب، لكنهم في غنى عن الاستماع إلى أحوالك فعلًا. تعلم أنها أنهت واجبها بالمعمار الفريد، وأوروبيتها وألوانها المتناسقة، وتأبى بذل أي مجهود زائد لإبهارك أو لفت انتباهك. حسنًا أنا أيضًا لن أهتم باستكشافك! لهذا السبب لم أمانع اقتراح حسين، فلم يكن في فيينا ما يحمسني بما يكفي لرفض الفكرة واستبدالها بأخرى.

حدائق القصر الواسعة تحبس الأنفاس، ما شعور العائلة الملكية التي كانت تسكنه؟ ألم تكن هذه المساحات تخيفهم ليلًا؟ ألم يشعروا بالملل من هذا الفراغ القاتل الذي يُطلُّون عليه من نوافذهم كل صباح؟

انهمك حسين في التصوير، وانشغلت أنا مع أفكاري أثناء السير في الحدائق الواسعة، حتى قرر الجلوس على السلالم للاستراحة واستكمال تصوير المناظر الطبيعية، وحينئذ اتخذت قراري بمواصلة السير ولقائه لاحقًا في المكان نفسه.

استكملت سيري وسط الحدائق وأنا أشعر بالخواء، لا أفكار تتقافز إلى ذهني، ولا أغنية تدندن في عقلي، ولا شيء يستحق تأملي، هل هذا يرجع إلى طول الرحلة هذه المرَّة؟ لا أعلم، ولكن فراغ القصر طبع على روحي وملأها بمساحات كبيرة لا يوجد ما يملؤها. بحيرة صغيرة مررت بجانبها بها مجموعة من البط يعوم ببطء وملل. جلست على حافة البحيرة في محاولة مني لاستحضار أفكار أو أغنية أو ذكرى، كان كل ما يشغلني هو التفكير في شيء، وكلما استحضرت شيئًا ما اختفى في لحظات. غريب!

لم أفق من محاولات التركيز إلا على صوت يدق الأرض، إنه صوت جواد يعدو بسرعة، أرجو ألا يكون فردًا من أمن القصر يؤنبني على الجلوس في منطقة ممنوعة، فلم يكن هناك شخص في هذه المنطقة غيري وبط البحيرة، ولكنني لم أرَ في طريقي أي لافتة تشير إلى عدم الدخول إلى البحيرة. خلال ثوانٍ مر الجواد من خلفي بسرعة، وسرعان ما هدأت سرعته، وسمعت صوت قدميه يقترب مرَّة أخرى، لم أتحرك من مكاني، ثم نظرت لأجد فستانًا حريريًّا يمتطي الجواد لم يستطع نظري الوصول إلى بدايته.

صوت ناعم يسألني بحزم:

ـ من أنتِ؟ وماذا تفعلين هنا؟

حسنًا، ربما فرد أمن نسائي، ولكن لماذا ترتدي فستانًا حريريًّا؟ هل هذا نوع جديد من الترويج للسياحة التاريخية الأثرية في فيينا؟

وقفت ونفضت عن ملابسي غبار الحديقة، ثم نظرت إلى أعلى الجواد لأجد سيدة شاحبة الوجه، ذات ملامح دقيقة وشعر بُني طويل لا نهاية له، وفستانها الحريري كشف عن جزء صغير من نهديها، نحيلة وأبرز نحولها هذا المشد الذي تميزت به فساتين الماضي.

هممت بالمغادرة على الفور، لا أريد الدخول في متاعب في بلد غريب أو التسبب في مشاكل لحسين الذي يتجول في مكان ما هنا أو هناك.

قالت بصوت آمر وواجب النفاذ جعل خطوات قدميَّ تتباطأ حتى توقفت عن الحركة:

ـ انتظري!

نزلت من فوق الجواد، ووقفت بجانبه تتحسسه في ثقة بذقن مرفوعة، ثم قالت بنبرة أرق من السابقة:

ـ أنا لم أطلب منكِ الرحيل، أنا سألتكِ من أنتِ وماذا تفعلين هنا!

ـ اسمي ميرنا، سائحة مصرية، أُرهقت من السير فجلست هنا للاستمتاع بالهدوء ومشاهدة البط. هل هناك مشكلة؟ أقصد أنني لم أرَ أي لافتة تشير لمنع الدخول هنا، ولكن لو هناك مشكلة فلا بأس فصديقي ينتظرني في مكان ما هنـ...

قاطعتني بضحكة:

ـ لماذا تُصرين على وجود مشكلة؟!

أجبت بحزم واستنكار لاستهزائها بارتباكي وتوتري:

ـ لا أعلم! مجرد شعور!

تركت جوادها، ثم جلست على حافة البحيرة، وقفت لدقائق ساد فيها صمت مريب حتى قطعته هي وقالت:

ـ لا أمانع في ذهابك إذا كنتِ تريدين ملاقاة صديقك أو انتهى وقتك هنا، ولا أمانع في جلوسك أيضًا، أنتِ حرة.

وشردت في البط الخامل في البحيرة.

شيء ما فيها جعلني أتسمر في مكاني ولا أبرحه، ربما ملابسها الغريبة، أو شعرها المموج الطويل الذي تدلى على أسفل ظهرها حتى لامس أرض الحديقة، ربما نظرتها الهائمة إلى البحيرة التي ذكرتني بنظرتي قبل وصولها.

نظرت إليَّ نظرة انبعث معها ارتياح لعدم تركها، وسألتني باهتمام:

ـ هل هذه هي المرَّة الأولى لكِ في فيينا؟

ـ نعم. المرَّة الأولى لي في هذا القصر أيضًا، أجده لطيفًا يليق بالجو الصيفي، ولكنْ، شيء ما فيه يشعرني بالفراغ، ربما مساحاته الشاسعة، لا أعرف، هل أنتِ من النمسا أيضًا؟

قالت بسخرية:

ـ أوافقكِ الرأي بخصوص القصر، وأعتقد أن جوادي يوافقنا الرأي أيضًا، يلهث في كل مرَّة أمتطيه هنا ذهابًا وإيابًا.

سألتها في فضول:

ـ هل تعملين هنا كمرشدة سياحية؟

ـ هل زرتِ متحف القصر؟

ـ لا. صراحة لم أهتم، لست في مزاج لمشاهدة تاريخ البلد.

أفلتت منها ضحكة عالية:

ـ معكِ حق. تاريخ ممل، ومتحف ممل، وقصر ممل! اسمي «إليزابيث»، إمبراطورة فيينا، أو هكذا يعرفونني لبعضهم البعض.

تحولت ضحكتها إلى ابتسامة، ثم مدت يدها لمصافحتي، فبادلتها المصافحة والابتسامة.

ـ إذن أنتِ ضمن فريق عمل سياحة القصر كما اعتقدتُ، لا تبدين مستمتعة بعملك ها! كثير من السياح في هذا الوقت من العام يثيرون الجنون، بالإضافة إلى تكرار المعلومات نفسها كل مرَّة. روتين يقتل!

قالت وهي تعتقد أني بلهاء، وكأنني أتحدث الصينية:

ـ فريق عمل سياحة القصر!

وأضافت في دهشة:

ـ لا، أنا إمبراطورة فيينا!

ضحكتُ بصوت عالٍ، فقد كان ممتعًا مدى تقمصها للدور الذي تلعبه.

قالت وهي تقوم من مجلسها وتعقد حاجبيها:

ـ هل هذه ضحكة استهزاء من الإمبراطورة؟!

لم أرد، ووجدتها تصرخ بأعلى صوت:

ـ «فرانزيسكاااااااااا»!

ظهرت من العدم سيدة ترتدي فستانًا قديمًا يشبه فستان «إليزابيث» ولكن أقل فخامة، وهرولت بسرعة إلى «إليزابيث»، ثم انحنت أمامها قائلة:

ـ سيدتي. تحت أمرك.

أشارت لها «إليزابيث» بحركة سريعة، فأخرجت السيدة مشطًا طويلًا وبدأت في تصفيف شعر «إليزابيث» في هدوء وصمت. مَن هؤلاء بحق الجحيم؟ وما هذه التمثيلية المغفلة؟!

قالت «إليزابيث» في عصبية:

ـ سأسامحكِ فقط لأنك غريبة، ولأنكِ في بيتي، شخص غيركِ لكان في عداد الموتى الآن لاستهزائه بالإمبراطورة بهذا الشكل!

قلت في سخرية:

ـ أستميحكِ عذرًا، لم أقصد الاستهزاء منكِ بأي شكل. إذن أنتِ إمبراطورة فينا. أوك، فرصة سعيدة!

انحنيت أنا الأخرى أمامها مثل السيدة التي ظلت تمشط شعرها الطويل من دون كلل أو ملل.

سألتني «إليزابيث» وقد بدأت علامات الغضب في الزوال عن وجهها:

ـ متى ستعودين إلى ديارك؟

ـ غدًا في الصباح الباكر. كنت أفكر في مد وقت رحلتي، ولكن الحقيقة أنا أشعر بالملل، لم أجد في فينا ما يستهويني. كنت أفكر أثناء ترتيب رحلتي في إضافة المجر أيضًا لكن لسبب ما لم أفعل.

بدا كما لو لقيت إجابتي استحسانها:

ـ بودابست مدينتي المفضلة، تعلمت لغتها في أيام قليلة، أذهب إلى هناك كثيرًا حتى شك العامة في أمري، ولكنني أعذرهم،

لو رأوا هذا البلد بعينيَّ لوقعوا في حبه فورًا. لماذا لم تستهوِكِ
فيينا؟

ـ لا أعلم، ولكنني أجدها، ممم... لا أعرف الوصف الدقيق.

ردت «إليزابيث» بسرعة:

ـ باردة!

ـ نعم! بالضبط! على الرغم من حرارة الجو وكل هذا المعمار
وكل هذه الحدائق، لكنها لم تفلح في جعلي أشعر بأي شيء!
ابتسمت «إليزابيث» نصف ابتسامة، ثم أشارت للسيدة التي تُمشط
شعرها، فاختفت مرَّة أخرى في العدم! هل هذا نوع مختلف من
العروض التاريخية للقصر؟ ضحكت «إليزابيث» من تحديقي في
الفراغ الذي تبخرت فيه سيدة المشط.

ـ «فرانزيسكا» مصففة شعري، أحبها كثيرًا على الرغم من قلة
الحديث معها أحيانًا، ولكنها تعرف كيف تزيح توتر عقلي من
خلال مشطها، هائلة، وبفضلها ما زال شعري يتنفس على الرغم
من الحرارة والرطوبة.

لم أستطع إزالة نظرة الدهشة من على وجهي، واستكملت
«إليزابيث» حديثها:

ـ أعلم أنكِ مندهشة، فهذا يبدو على وجهك، أنا أيضًا مندهشة
مثلك، فقد توقفت عن الظهور للعامة منذ قرون، لكن لسبب
ما توقفت بجوادي عندما لمحتك جالسة هنا عند البحيرة، عادة
لا أجد أشخاصًا في هذا الجزء من الحديقة، مما يتيح لي حرية
امتطاء جوادي، لهذا توقفت، وجدت من يحب النظر إلى هذه

البحيرة الخاوية مثلي. أنا أيضًا أشعر بالفراغ مثلك. يساعدني امتطاء الجواد والركض به على إحداث بلبلة داخل عقلي، فربما أجد ما يملأه، لكن هذا الفراغ يعود مجددًا ما إن أتوقف عن الحركة، لهذا توقفت لكِ، فللمرَّة الأولى منذ سنوات أجد ما يشغل عقلي إلى جانب صوت أقدام الحصان وهو يعدو. لم أتحدث مع شخص قبلك منذ موتي على يد هذا الشاب الحقير، سمعت أنه كان إيطاليًّا، أعتقد، لا أعلم إذا كنت أشعر بالغضب أو بالعرفان تجاهه؛ بالغضب لأنه أنهى حياتي بهذه الطريقة المهينة التي لا تليق بطيبة قلبي، وبالعرفان لأنه خلصني من هذه الحياة المملة التي لم أجد غيري لألومها عليها.

ابتسمت ساخرة، وطلبت منها:

ـ احكِي لي أكثر عن حياة الملوك والأمراء.

ـ لست ملكة، أنا إمبراطورة، أو هكذا عرفت نفسي للأغراب والضيوف والملوك. كيف وصلت إلى هنا؟ أعتقد بسبب سذاجتي. كم طفلة تعرفينها في الخامسة عشرة من عمرها كانت لترفض طلب زواج من إمبراطور؟ تخيلي معي خدمًا وحشمًا وقصورًا وحياة فاخرة لم أحلم بها، كيف لي أن أرفض؟ إياكِ أن تندفعي وراء توقعات، كي لا تصطدمي بالواقع مثلما فعلت. أنام على سرير إمبراطورة، وأستيقظ كإمبراطورة، ولكنني أرافق أيضًا عشيقة زوجي كإمبراطورة، وألتزم الصمت عن معاملة والدته لي كإمبراطورة، وأستمع إلى شائعات من العامة تزيد من حنقي كإمبراطورة، ولكنني أبكي كل ليلة قبل النوم كـ«إليزابيث»

فقط، «إليزابيث» التي تتمنى لو ظلت طفلة والدها تمتطي معه الجياد وتستمتع بالهواء العليل عندما يضرب وجهها. شاحبة الوجه الآن، لكنك لم تريني ووجنتاي متوردتان كالتفاحة. تدهورت صحتي كثيرًا في بداية زواجي عندما اصطدمت بواقع البروتوكولات والإتيكيت وخلافه، كنت آمل في أن يهتم «فرانز» بما آلت إليه أحوالي، مثلما كان مهتمًّا بي في بداية تعارفنا، ولكنه أيضًا يجب أن يُخفي مشاعره كإمبراطور، وينفذ تعليمات والدته كطفل عملاق! كل ما أمسك بزمامه في حياتي هو هذا الشعر الطويل، وهذا الخصر النحيل، حتى هذا الخصر اضطر أن ينصاع للأوامر الإمبراطورية في أن أحمل وأستمر في الحمل مرَّة واثنتين وثلاثًا حتى يأتي الذكر الذي سوف يتحول إلى إمبراطور يومًا ما. هناك لحظات في حياتك عندما تبدأ كل الأمور في الإفلات منكِ، كل ما تستطيعين فعله هو الاستسلام عن طيب خاطر لها. هل تستطيعين تغييرها؟ لا. هل تستطيعين العودة إلى الماضي ومنع حدوثها؟ لا. هل يوجد بديل؟ الإجابة دائمًا لا. إذن ما فائدة الصراخ والضجيج الذي لن يضيف إلى حياتك إلا سوءًا؟ اعذريني على كثرة حديثي، فكما ذكرت لكِ، مرت أعوام لا تُعد ولا تُحصى منذ آخر مرَّة تفوهت بأكثر من كلمة. هل يمكن أن أُسدي إليكِ نصيحة؟ كوني حريصة ألا تُبدي للعامة ما تشعرين به، يكفيك رثاؤك الشخصي لنفسك، لا تسمحي لشخص أن يشعر بالشفقة تجاهكِ، على الأقل ستُحدد هذه الطريقة حجم مأساتك في حدود غرفة نومك فقط،

وما إن تطأ قدماك خارجها ابتسمي واحرصي أن ترتدي أفضل ما لديكِ عند خروجك. إنه حقًّا شعور جيد التحدث إلى البشر مرَّة أخرى! آسفة! نسيت أن أسألك: ماذا تفعلين في حياتك؟ كنت أجلس منبهرة ومهتمة إلى أقصى حد بتفاصيل حكايات «إليزابيث»، مما جعلني أظل صامتة محدقة لها، وغير مستوعبة لما أسمعه أو أراه. لم يكن مُهمًّا في هذا الوقت مَن منا المجنون، أنا أم هي؛ أنا إذا كانت هذه هي فعلًا إمبراطورة النمسا وبدأتُ في الهلوسة نتيجة حرارة الشمس، أم هي التي تدعي أنها الإمبراطورة ومنسجمة في تقمص الدور إلى النهاية!

سألتني «إليزابيث» في سخرية:

ـ هل ما زلتِ على قيد الحياة؟

أجبت بارتباك:

ـ نعم نعم. أنا... أعتقد أنني كاتبة.

ـ تعتقدين؟ لماذا الاعتقاد؟ هل أنتِ كاتبة أم لا؟

ـ أعتقد أنني كاتبة. هكذا يعرفونني أيضًا للأغراب والضيوف!

ـ الاعتقاد مميت يا... معذرة، ما اسمك مرَّة أخرى؟

ـ ميرنا.

ـ حسنًا يا ميرنا، إياكِ والاعتقاد! أنا أعتقد أنني إمبراطورة، هل هذه حقيقة؟ لا، ليست حقيقة، على الأقل بالنسبة لي، وهذا ما جعل ويجعل حياتي جحيمًا. مشكلة البشر الحقيقية التي توصلت إليها بعد قرون هي الاعتقاد: يعتقدون أنكِ كاتبة، ويعتقدون أنني إمبراطورة، يعتقدون أنني مستمتعة، ويعتقدون

أنهم مستمتعون، ويعتقدون أن شخصًا ما يحبهم، ويعتقدون أنهم يحبون شخصًا ما... كلها اعتقادات من دون تأكيد، وهو ما يُتعب الروح كثيرًا. لم أصل إلى درجة مقبولة من الارتياح النفسي إلا عندما تأكدت بأنني لست إمبراطورة بعد ادعائي بأنني كذلك، وتخلصت من جزء من الصراع النفسي الذي لا يهدأ بداخلي حتى تملكني هذا الفراغ. وعلى الرغم من مللي من هذا الفراغ القاتل إلا أنه أفضل كثيرًا من شياطين عقلي. لا تريدين أن تظلي «معتقدة» أنكِ كاتبة؟ يجب أن تصلي إلى إجابة قاطعة وحاسمة: إذا كنتِ كاتبة فابدئي إذن في الكتابة بشكل حقيقي، وإذا كنتِ لستِ كاتبة فتوقفي إذن عن التفكير في الكتابة إلى الأبد وابدئي بما تريدين فعله. أبدو كفيلسوفة، ولكنني أقول لكِ الحقيقة حتى أوفر عليكِ عناءً لا أريدك أن تختبريه.

ـ أحب الكتابة أكثر من أي شيء في الحياة، الشعور الذي يجتاحني بعد انتهائي منها لا أستطيع وصفه، أشعر كما لو أنني أمتلك العالم كله، كما لو أنني أقف على قمة العالم من السعادة والنشوة، لكن ما يُخيفني حقًّا هو الواقع الذي كنتِ تحدثينني عنه قبل دقائق. هل توقعاتي بأنني كاتبة ستصطدم بواقع مُر بأنني لست مؤهلة لهذا اللقب؟ هل هذه الكلمات التي أكتبها ترقى لتعريف الكتابة؟ هل كلماتي ستثير ضحك من يقرأها؟ هل أنا فقط من يظن أنني كاتبة؟ كلها تساؤلات لا أجد لها إجابة قاطعة!

ـ عندما كنت الفتاة ذات الخمسة عشر عامًا كنت متحمسة لطلب

الإمبراطور الزواج مني، لكنني لم أعلم حقيقة الأمر إلا بعد تنصيبي إمبراطورة فعلًا، لو كنت رفضت وقتها أعتقد أنني كنت سألوم نفسي في كل يوم على رفضي لهذا العرض الذي لا يُعوض، كنت سأتطلع في كل مرَّة أمتطي فيها جواد أبي الهزيل إلى امتطاء جياد الملك الفاخرة، كنت سأحلم بسرير الإمبراطورة وخدم الإمبراطورة. ولكن إذا عاد بي الزمن سأرفض هذا الزواج بعد علمي بكل ما يحمله من خبايا. لا تتحدثي كما لو أنكِ ستصبحين ملكة مثلًا! اعذريني فأنا لا أقصد التقليل منكِ ومن رغباتك، ولكنه في النهاية طريق له أكثر من مخرج في أي وقت. أما العامة فلا تقلقي منهم، فهم ولدوا لينسوا، سينسون إخفاقكِ إذا فشلتِ، ولن يتحدثوا عنكِ إلا في الإخفاق المقبل لكِ!

لا أدري كم من الوقت مضى في حضرة الإمبراطورة، ولكنني شعرت بحرارة الشمس قد هدأت. ساعة؟ ساعتان؟ لا أعلم، لكنني لم أكن أستطيع مواصلة هذا الحديث وترك حسين وحيدًا كل هذا الوقت، ألا يكفي تنازله عن راحته الأسبوعية في مقابل ترفيهي؟

ـ أستميحك عذرًا يا ملكة، لكنني يجب أن أذهب، صديقي على الأرجح يحوم في حدائق القصر بحثًا عني الآن، ولا أريد أن أتسبب له في متاعب!

ردت «إليزابيث» بابتسامة بسيطة:

ـ إمبراطورة. أنا إمبراطورة ولست ملكة!

مددت يدي لمصافحتها، وقمت من مجلسي لأعود من حيث

أتيت. كانت يدها باردة وناعمة تليق بإمبراطورة فعلًا، ربما كانت الإمبراطورة الحقيقية، وربما سيطرت الهلوسة على عقلي.

سألتني «إليزابيث» التي تركت مجلسها وتوجهت إلى جوادها مرَّة أخرى:

ـ قبل أن تذهبي، هل ستكتبين عن لقائنا هذا؟

ـ ربما!

ـ اكتبي عن لقائنا ولا تقلقي، سيصلني ما ستكتبينه عني!

ـ إذا كتبتُ!

قالت وهي تمتطي جوادها:

ـ ستكتبين.

ثم أضافت:

ـ لا تنسي ذكر مدى جمال شعري!

ابتسمت، ووقفت أنظر إليها وهي تمسك بلجام الجواد وتركض به بعيدًا حتى اختفت عن ناظريَّ.

عند دخولي طائرة «مصر للطيران» المتجهة من فيينا إلى القاهرة، وبعد جلوسي في مقعدي والنظر من الشباك، تذكرت الإمبراطورة، وتذكرت أيضًا أنه قبل هذه السفرية بسنة على الأقل، قابلت بالصدفة في الشارع زميلة وصديقة لي تركت العمل معي، وكان قد مر على آخر مقابلة لنا ما لا يقل عن ستة أشهر. كنت مشغولة بالتحدث في الهاتف، فلم أستطع السلام بشكل لائق على مريم، وعند عودتي إلى المنزل أرسلت إليها رسالة على واتساب أعبر فيها عن سعادتي بلقائها من جديد. في صباح اليوم

التالي وجدت رسالة من مريم مفادها أنها لم تقابلني ولم تخطُ في منطقة المهندسين منذ شهور!

انتهى أدهم من قراءة هذه القصة بسرعة، وعاد إلى محادثتنا مجددًا.

«حلوة أوي برضه، طويلة بس حلوة، لو قلتلك إني مش مجمَّع الموقف اللي حصل بينا اللي بيفكرك بالقصة دي هتشتميني؟ لو هتشتمي بلاش بالأب والأم والنبي!».

هذا الوغد المضحك! وغد لكن باحبك!

«هافكَّرك، فاكر يا سيدي يوم ما كنا قاعدين في كافيه حقير في مدينة نصر أنا وإنت وشمس؟».

أعتقد أن هذا الموقف حدث في نوفمبر ٢٠١٢، كنا انتهينا للتو من جلسة مليئة بالحديث عن السينما والكتابة ودخان الشيشة في أحد المقاهي الرديئة بمدينة نصر بالقاهرة، كان الوقت متأخرًا كالعادة، الثالثة صباحًا أعتقد، خلا الشارع من المارة ومن السيارات ومن كل أثر للحياة، عدا هذا الكشك الصغير على ناصية الشارع الذي تجمع عنده بعض من الشباب.

تعالت أصوات الشباب عندما مرت بجانبهم فتاة ترتدي الجينز وتيشيرتًا أبيض، اكتشفت مع اقترابها لاحقًا أنه تيشيرت نادي «ريال مدريد»، تضع غطاء الرأس الخاص بمعطفها على رأسها، وتنسدل خصلات من شعرها على وجهها، وتنظر إلى الأرض، وتمشي بخطواتها في ثبات من دون أن تعبأ بهؤلاء المغفلين ومزحاتهم وتعليقاتهم السخيفة، وتُدخن سيجارة في صمت، ظلت تسير حتى مرت من خلفي أنا وشمس وأدهم ومضت في طريقها بسلام.

أخيرًا ظهر تاكسي من العدم وقفزنا فيه نحن الثلاثة، التفتُّ إلى شمس وسألته:

ـ شفت العيال قعدوا يغلسوا على البنت إزاي؟ مش ممكن يعني!

رد شمس:

ـ بنت مين؟

لم يرفع رأسه من على هاتفه.

ـ البنت، البنت اللي عدت ورانا وإحنا واقفين مستنيين التاكسي!

ـ بنت مين اللي عدت ورانا؟! مفيش حد أساسًا كان في الشارع غيرنا، إنتِ شكلك اتجنيتي خلاص!

دعابات شمس التي لا تنتهي، دائمًا يحب هذه اللعبة، أذكر له موقفًا فيتهمني بالجنون ويدعي أنه لم يحدث من الأساس ثم أكتشف لاحقًا أنه يداعبني فقط لا غير من أجل متعته الشخصية في الحصول على بعض الضحكات.

التفتُّ إلى أدهم وسألته:

ـ هاسألك إنت عشان اللي قدام ده عيل بارد، شفت غلسوا عليها إزاي؟

ـ آه شفت، جزم كلهم معلش.

طمأنني أدهم على سلامة قواي العقلية، وعدت إلى المنزل، وكتبت على فيسبوك هذا الموقف، وكان عدم اهتمام هذه الفتاة بتعليقات هؤلاء الشباب أو اهتمامها بما يحدث خارج فقاعتها الصغيرة، قد ألهمني.

مر يومان أو أكثر، وكنت أتحدث مع أدهم، ثم تذكرت هذه الفتاة

مرَّة أخرى، وذكرت الموقف مجددًا. انتهيت من حديثي عن الفتاة ونظر إليَّ أدهم ضاحكًا:

ـ ميرنا، مفيش بنات عدِّت ولا حاجة، أنا قلتلك كده بس يومها عشان شمس يبطل يغلس عليكِ، بس هو مش بيغلس، إنتِ بس تلاقيكِ كنتِ عايزة تنامي ولَّا حاجة!

تذكر أدهم الموقف، وتبادلنا الضحكات والدعابات مجددًا.

«أنا جاية إسكندرية بكرة على فكرة».

«يلَّا نتقابل؟».

«يا ريت».

الاختفاء المنتظر

الإسكندرية ٢٠١٧

المكان: «جليم»، على البحر.

الزمان: الخامسة والنصف مساءً.

كان هذا هو اتفاقي مع أدهم على موعد المقابلة ومكانها. استيقظت في الثانية عشرة ظهرًا بكل الطاقة والحيوية الموجودتين في العالم، ساعة كاملة أحاول التوصل فيها لملابس لطيفة تناسب اللقاء.

لن أستخدم سيارتي اليوم، الجو منعش ويستحق السير على الكورنيش.

بدأت رحلة السير من «لوران» إلى «سان ستيفانو». عرجت على والدتي التي كانت تحتسي القهوة أثناء مقابلات عمل في مقهى «فريسكا».

جلست أحتسي معها القهوة، وقاطعت جلستنا مكالمات منها، عالية الصوت، خاصة بالعمل. انتهت من مكالمة أخيرة ثم نظرت إليَّ:

ـ ما قلتليش إنتِ متحمسة ومنطلقة كده رايحة على فين قبل ما تعرفي إني هنا؟

تعمدت عدم النظر بشكل مباشر إليها، وأجبت وأنا أرتشف رشفة أخرى من قهوتي:

ـ رايحة أقابل حد صاحبي، إنتِ عارفاه على فكرة، أدهم، فاكراه؟

ـ أدهم؟ أدهم مين؟!

ـ أدهم، صاحبي أنا وشمس من زمان، اللي جالك المستشفى وإنتِ تعبانة، فاكرة؟

ـ آه! هو لسه عايش؟ اختفى خالص من حياتك!

ـ رجعنا نتكلم، فاتفقنا نتقابل.

ـ هتتقابلوا فين؟

ـ في «جليم» هنا قريب.

ـ أوصلك؟

ـ لا لا، أنا هاتمشاها ما تشغليش بالك بيَّ.

نظرت والدتي إليَّ نظرة ثاقبة تحاول بها الدخول إلى عقلي وما أفكر به، نظرة جعلت كوب القهوة يرتعش وتتساقط منه قطرات على المعطف. كم أكره هذه النظرة التي تفضح بها أمي كل ما يدور بداخلي!

أحمل دائمًا كتبًا مختلفة في حقيبة يدي تحسبًا لأي وقت أجلس أنتظر فيه أحدهم. كنت مندمجة في القراءة حتى مررت بمحاولة قديمة لعباس العقاد لكتابة شعر لحبيبته بعد أن صنعت له كنزة شتوية من الصوف:

أَلَـم أَنَـل مِنـكِ فكرة   فـي كل شـكة إبـرة
وكل عقـدة خيــط   وكل جــرة بكــرة

سرحت مع هذه الكلمات القصيرة، وتساءلت في نفسي: ألم أنل فكرة من أدهم على مدار السنتين الماضيتين؟ هل خطرت بباله مثلما كان يخطر ببالي؟

تنبهت إلى أن الساعة تشير إلى الخامسة والربع تقريبًا. أمسكت بالهاتف وأرسلت إلى أدهم رسالة على واتساب أستفهم فيها عن مكانه الحالي.

لم يرد.

رسالة أخرى.

لم يرد.

لا بأس، ربما أغلق الإنترنت.

هاتفته: «الهاتف الذي طلبته غير متاح حاليًّا».

دق قلبي بعنف. أهذا خذلان آخر أنا مُقدمة عليه؟

أوك، تنفسي بعمق، تنفسي من الحجاب الحاجز مثلما نصحتك معلمة اليوجا.

فتحت كتابًا أحمله معي، وبدأت في القراءة، لكن السطور تتداخل، لا أقرأها بوضوح بسبب تركيزي المشتت.

أين أدهم؟

الساعة تشير إلى السادسة مساءً!

هل أعود إلى المنزل؟

رن الهاتف، إنه هو! تنفست الصعداء مجددًا!

ـ أنا آسف! أنا آسف! ما كانش فيه شبكة في المكان اللي كنت فيه، إنتِ فين؟ أنا خلاص داخل على المكان.

ـ أنا باخلص مشوار بس وجيالك على طول.

مشوار طبعًا. لا يجب بأي حال أن يشعر أنني كنت في انتظار مكالمة منه، وأنني كدت أستشيط غضبًا.

أنهيت كوب القهوة الثاني لي في «فريسكا»، وبدأت في السير من «سان ستيفانو» إلى «جليم».

في طريقي إليه تذكرت كل ما مر بي معه على مدار السنوات السابقة، كل شيء دار في عقلي مثل شريط السينما. على الرغم من أي جرح أو ألم سببه لي عن قصد أو عن غير قصد، لكنني ممتنة لهذه المقابلة الآن.

دخلت إلى المكان المطل على البحر، ووقعت عيناي عليه، يجلس على طاولتي المفضلة! لطالما اخترت هذه الطاولة بالتحديد كلما جئت إلى هنا، تطل مباشرة على البحر مما يضعني في فقاعة خاصة بعيدًا عن ضوضاء الطاولات الأخرى.

اشتقت إليه لدرجة مفزعة جعلتني أبتسم كالبلهاء عندما وقع نظره عليَّ، وتقدمت نحوه بخطوات ثابتة، حتى اقتربت منه واحتضنته بشدة.

كانت جلسة تشبه مقابلاتنا الليلية القديمة: الدعابات والأحاديث نفسها عن السينما والأفلام وضغوط العمل والغرق فيه والسفريات وكل شيء.

ـ فاكرة الكتاب اللي ادِتِهولي؟

ـ آه طبعًا، «إسكندرية/ بيروت». نادرًا ما بادي حد كتبي على فكرة.

ـ طب فاكرة الإهداء اللي كتبتِهولي؟

ـ إهداء! إهداء إيه؟ أنا كتبتلك إهداء؟

بالطبع أذكر الإهداء، ولكنني قررت أن أُمثل النسيان. لا يجب أن يشعر أنني أتذكر كل موقف وكل كلمة، لا أريد أن أفضح نفسي دفعة واحدة.

يبدأ عمله مجددًا في العاشرة مساءً. كان لا بد لهذه الجلسة أن تنتهي في التاسعة على أقصى تقدير.

ـ إنت عارف إن شمس زعلان منك أوي؟

ـ إيه ده؟! ليه؟!

ـ عشان ما بتسألش، وعشان من ساعة ما فتحنا المطعم بتاعي أنا وهو من شهر ٩ اللي فات وإنت ما جيتش تباركلنا ولا تزورنا!

ـ خلاص، هاخلص شغل بالليل وأجيلكم هناك وأصالحه. هاخلص على واحدة بالليل كده، هتبقوا لسه هناك؟

ـ هاستناك، هنستناك يعني أنا وهو.

أوصلني إلى المنزل، وعند وصولنا إلى أسفل البناية، فاجأني بأنه يسكن في الشارع المقابل!

ظلت الساعات التي يقضي فيها أدهم عمله تمر بثقل. جلست أختار فيها ملابس أخرى تجعلني أبدو جميلة في المقابلة الليلية.

ذهبت إلى المطعم، «أوبا»، هذا المكان الذي حلمنا به لسنوات أنا وشمس حتى تحول إلى حقيقة: اللون الأزرق الفاتح المريح للعين،

الكراسي اليونانية التقليدية التي تُشعرك بأنك في بيتك، الموسيقى التي اختارها شمس بعناية، هذه الأضواء الخافتة هنا وهناك التي وقعنا في حبها عندما زرنا «الجونة» للمرَّة الأولى معًا، كل تفصيلة في المكان تحمل جزءًا مني ومنه.

تحمس شمس للقاء أدهم، وجلسنا نتحدث وننتظره.

الساعة تشير إلى الواحدة والنصف ليلًا.

أمسك بالهاتف للاتصال بأدهم: «الهاتف الذي طلبته غير متاح حاليًّا».

أين أنت يا أدهم؟

لم يتبقَّ إلا نادل وحيد استبقيناه في المطعم أملًا في ظهور أدهم في أي وقت.

ـ يا بنتي مش هييجي خلاص، أنا عارفه وعارف حركاته دي!

ـ إستنى بس، طب نستنى نُصاية كمان، ماشي؟

ـ ماشي.

أراقب الساعة في توتر، الثانية إلا ثلث، الثانية إلا ربع، أرجوك اظهر!

ظهر صوت مجددًا يتهمني بالخبل: «مقابلة وانتهت، لماذا تصرين على تضخيم الأمور؟!».

يئست أنا وشمس من ظهور أدهم، لا بأس، على الأقل تقابلنا اليوم.

بدأنا في لملمة هواتفنا وحقائبنا، وفجأة سمعت صوت أقدام تخطو في مدخل المطعم.

ـ أدهم جه!
انطلقت مني بحماس عجيب استغرب له شمس.
جاء أدهم. كنت سعيدة بوجودنا نحن الثلاثة في مكان واحد مجددًا بعد مرور سنوات.
في اليوم التالي كان احتفال صديقتنا المقربة نوردان بعقد قرانها.
سيذهب الجميع للاحتفال ليلًا.
رقصنا، وضحكنا، وظل الاحتفال مستمرًّا. في وسط هذا الصخب، أرسلت إلى أدهم أسأله إذا كان يريد المجيء.
«لو جيت هاجي بس عشان أشوفك».
ارتسمت ابتسامة بلهاء على وجهي، وجلست أرقب الباب في انتظاره.
وفَّى بوعده سريعًا من دون حاجة إلى سماع صوت السيدة المقيت الذي يخبرني دائمًا أن هاتفه غير متاح.
انتهى الاحتفال في الثانية صباحًا.
ـ هامشي وراكِ بالعربية لحد البيت، ماشي؟
ـ متفقين.
ما إن هممت بركوب سيارتي، حتى رأيت أدهم يقترب مني مرَّة أخرى:
ـ فيه حد صاحبي عايزني أوصله الأول مكان كده، بصي، امشي واحدة واحدة كده لحد ما تطلعي على البحر، وأنا هاوصله وهاحاول أحصَّلك.
قدت السيارة ببطء شديد حتى وصلت إلى طريق الكورنيش،

سرعتي لا تتعدى الـ٤٠، وأنظر في المرآة الأمامية بين الحين والآخر بحثًا عنه.

مرت الدقائق وأنا أقود السيارة على يمين الطريق ببطء السلحفاة. ظهر الصوت المألوف مرَّة أخرى: «إنتِ ماشية بالراحة ليه؟ أكيد مش هيلحق يجيلك يعني، ولَّا يمكن أصلًا قالك الكلمتين دول عشان يكبر دماغه ويخلع. إنتِ بقالك سنين شغالة زن وهوَّ أساسًا مش حاسس، هييجي يحس دلوقتِ يعني؟ بلاش عبط والنبي، يلَّا دوسي بنزين، روَّحي النهار قرب يطلع، بلاش أوهام فارغة بقى وفوقي!».

ضغطت على دواسة البنزين، وبدأت السرعة تزداد شيئًا فشيئًا.

وصلت «ستانلي» على البحر، ووصلت سرعتي للـ١٠٠.

وجدت سيارة تأتي بأقصى سرعة من بعيد، سيارة سوداء، ظلت تقترب حتى هدأت سرعتها خلفي.

نظرت في المرآة. أدهم!

وصلنا معًا إلى أسفل البناية. سلمت سيارتي لعامل الجراج وصعدت إلى المنزل.

«طلعتِ؟».

«أيوه أهو خلاص في أوضتي».

«اتبسطت إني شفتك».

«وأنا كمان، ما تختفيش تاني!».

«مش هاختفي، بس أنا عمري ما اختفيت، دايمًا بتلاقيني في أي وقت».

«أيوه، بس مش موجود دايمًا، وإنت عارف إني باتبسط وإنت موجود».

«بجد؟».

«قال يعني مش عارف! بص يا أدهم، خلِّيني أكون صريحة معاك، أنا بقالي فترة كبيرة قررت التصالح مع نفسي وما اخليش في نفسي حاجة، إحنا كبار وعاقلين دلوقتِ، صح؟».

«لا مش بالظبط، باهزر باهزر، أيوه كبار وعاقلين».

«أنا معجبة بيك، جدًّا، ومعجبة بيك من خمس سنين فاتوا، وباعجب بيك تاني في كل مرَّة بنرجع نتكلم، وكارهة فكرة أد إيه أنا معجبة بيك، وكارهة نفسي حاليًا عشان باقولك الكلمتين دول دلوقتِ!».

«إنتِ عارفة إني كنت معجب بيكِ، وما زلت معجب بيكِ طول الوقت؟ أنا حتى دايمًا خايف أقرب أكتر وأقولك، خايف أخسرك فتمشي فما يبقاش فيه ميرنا للأبد».

استمرت هذه المحادثة حتى الثامنة صباحًا. نسي أدهم النوم وعمله في الصباح الباكر، وظل يحدثني عن كل مرَّة حاول الاقتراب فيها وصددته. كان يذكر تفاصيل أنا شخصيًا لم أتذكرها على الإطلاق، أدق التفاصيل، كل الكلمات، كل محادثاتنا العابرة، كل كلمة كنت أظنها لطيفة، ولكنها كانت تحمل أكثر من معنى أربكه وظن أنني أتلاعب به.

رحت في النوم، واستيقظت في وقت متأخر جدًّا من اليوم التالي، بعد العصر تقريبًا.

«إنت فين؟».

كان إرسال هذه الرسالة أول شيء فعلته بعد استيقاظي من النوم.
لم يجب.
مر الوقت ثقيلًا مربكًا، ثم هاتفته ليلًا: «الهاتف الذي طلبته غير متاح حاليًا».

هل توتر أدهم من كلماتي في الليلة السابقة؟
هل أفصحت أكثر مما يجب؟

اختفاء كامل حتى اليوم التالي، كنت قد تصالحت مع نفسي وشددت من أزرها، هذا هو النضج إذن، تقبُّل الحرج وهبوط سقف التوقعات بهدوء. لا بأس، على الأقل اعترفتِ بما كان يؤرقك لسنوات عديدة، أخيرًا تخطيتِ سورًا منيعًا!

جلست في هدوء أحتسي القهوة في شرفة منزلي. كانت الساعة تشير إلى العاشرة مساءً. دق جرس الهاتف.
أدهم يتصل بك!
ـ أنا نمت طبعًا وما حسيتش بنفسي عشان كنت مطبَّق بقالي يومين، أنا تحت البيت، انزلِي يلّا هنتمشى على البحر.

نسيت النضج والعقل والهدوء وسقف التوقعات والخجل وكل شيء. كان التوتر يتملك كلًّا منا، ننظر إلى بعضنا البعض ونبتسم، لم أكن أستوعب ما يحدث: أدهم، بجانبي الآن، نسير معًا وحدنا، من دون إخفاء أي مشاعر، من دون محاولات لتجميل الكلام الذي يخرج تلقائيًا مني ومنه. كان هذا اللقاء أشبه بحلم جمَّله هواء مارس البارد اللطيف على البحر.

بدأنا رحلة السير من «لوران» إلى «جليم». إنه موعد غرامي

مثالي. كان كل ما أريده في هذه اللحظة هو سماعه. أريد أن أسمع صوته يطرب أذنيَّ.

تحدثنا عن كل الكتب المشتركة التي نحبها، وكل الأفلام التي نحبها سرًّا لأننا نخجل أن نفصح عنها، وكل الأفلام التي نشعر بالغيرة والحقد تجاه مخرجها أو كاتبها.

بعض الحقائق المهمة عن أنفسنا لا ندركها إلا أثناء لحظات تلقائية مثل هذه اللحظة. تذكرت جملة من فيلم «فيكي كريستينا بارسلونا»، عندما قالت إحدى بطلات الفيلم إنها دومًا تعرف ما لا تريده ولكنها فشلت في معرفة ما تريده، وقتها كرهت كم تشبهني هذه الجملة، والتصقت بعقلي الباطن فأصبحت دافعي لاستكشاف نفسي أكثر وأكثر.

لم أدرك مدى كرهي للفراق وحبي للتعلق إلا عندما تحدثنا عن رفعت إسماعيل وبدلته الأنيقة والعدد الأخير من سلسلة «ما وراء الطبيعة» التي مات فيها العجوز الأنيق، اكتشفت أنني لم أقرأ هذا العدد، توقفت عند العدد ما قبل الأخير. اكتشفت أنني لم أشاهد الحلقة من مسلسلي المفضل التي مات فيها البطل الذي أحببته كثيرًا، فقط توقفت عن متابعته كأنني مشغولة في حياتي اليومية أكثر مما يجب. أدركت أن عادتي الأسبوعية وأنا طفلة بالسير إلى المكتبة في آخر شارع البيت لشراء سلسلة «رجل المستحيل» توقفت أيضًا عندما علمت صدفة أن العدد القادم سيختفي أدهم صبري ولن يظهر مجددًا. تذكرت تعللي بالعمل والإرهاق بدلًا من مشاهدة الجزء الجديد من فيلم «فاست آند فيوريس» لأنني عرفت أن بطلي المفضل سيلقى حتفه.

تذكرت كم مرَّة أجبرت نفسي فيها على عدم الذهاب إلى مكاني المفضل اليومي حتى أتخلص من التعلق به ولو تعكر مزاجي على أثر ذلك، وأخذت في عد كل الأشخاص الذين صددتهم عن حياتي، وبنيت سورًا طويلًا بين علاقاتنا، هذا السور الذي كنت أتسلقه أحيانًا لأرسل بعض الحب والتحية على أمل أن يفهموا أن المسألة كلها تتعلق بكرهي للتعلق.

لاحظت على مر هذه السنوات كم أهدرت من طاقة في بناء أسوار، وكيف أصبحت هشة كبسكويتي المفضل الذي كرهته لأنه يغرق في كوب الشاي كل صباح، حتى توقفت عن شرائه.

كل هذه اللحظات مرت أمامي كشريط سينما عندما سألني عن رفعت إسماعيل وسلسلة «ما وراء الطبيعة»، وأدركت أن الإنسان يتكون من مزيج سحري من لحظات كسرة قلب وغصة حلق وفرك عين أملًا في ألا تسقط دمعاته أمام أحدهم، وابتسامة حقيقية من أعماق النفس عندما يُدرك أن هذا الشعور الحزين بدأ في التلاشي أخيرًا. أدركت أن هذه المشاعر التي أخاف، ولطالما خفت منها، هي التي تجعلني في النهاية أقوى مما مضى.

أدركت بيني وبين نفسي أن هذه اللحظة الحالية، أنا وهو والبحر والسير على الأقدام وتجاهل كل ما حولنا ودخولنا فقاعتنا الخاصة، تتخطى حلاوتها ألف كسرة قلب ومليون غصة.

تحدث أكثر عن شغفه بالسينما، وعن تردده في قرار الاستقالة والسفر إلى الخارج لدراستها، وعن اختياره لجامعة بعينها دون غيرها من الجامعات المتخصصة في هذه الدراسة.

ـ جامعة إيه بقى اللي اخترتها في الآخر؟

ـ معهد «فامو» للفيلم والتلفزيون في براج.

ـ الله! براج دي حلوة حلاوة! اتعرفت على ناس عايشين هناك ممكن يساعدوك.

ـ حلو ده، مين دول بقى ولَّا اتعرفتِ عليهم إزاي؟ احكيلي!

أندريا رونكو

Lasciatemi cantare

con la chitarra in mano

lasciatemi cantare

una canzone piano piano

Lasciatemi cantare

perché ne sono fiero

sono l'italiano

l'italiano vero

تصاعدت أنغام هذه الأغنية الإيطالية الشهيرة للمغني الإيطالي «توتو كوتونيو» في بداية الرحلة المتجهة من أمستردام إلى براج، ابتسمت وتذكرت «السي دي» الذي تحتفظ به والدتي، والذي أهديته لها وفيه أغانيها المفضلة القديمة وكان من ضمنها هذه الأغنية.

كيف قابلت «أندريا»؟ السؤال الأهم في هذه القصة هو: لماذا

قابلت «أندريا»؟ ربما لأنني أؤمن بأننا مغناطيس لكل ما نفكر فيه أو نؤمن به أو نريده، وكنت في هذه الفترة في حاجة إلى الإلهام والشخصيات المختلفة والعلاقات المعقدة التي تضعني أمام ألغاز روحية حتى تساعدني على اكتشاف نفسي أكثر، فهذه المرحلة من حياتي كانت مبهمة، وكلما زاد التشابك والغموض في حياتي وعقلي ونفسي أجدني أهرب بعيدًا إلى بلد غريب وإلى أشخاص أغرب.

الاستيقاظ في الثانية عشرة ظهرًا خلال سفري يعادل الاستيقاظ في الرابعة عصرًا في مصر. في التاسعة صباحًا عادة يبدأ يومي في السفر تحت أي ظروف حتى لو لم أحصل إلا على أربع ساعات من الراحة. لسبب غير مفهوم لي حتى الآن لم أستيقظ في هذا اليوم قبل الثانية عشرة والنصف ظهرًا! لم يمضِ أكثر من عشر دقائق وكنت أمام مدخل الفندق استعدادًا لبدء يومي المتأخر جدًّا. نويت من اليوم السابق تناول فطوري في مقهى يطل على النهر، ولكن لا مجال ولا وقت لهذه الرفاهية الصباحية الآن. هذا المقهى الصغير في الشارع المقابل للفندق كفيل ببعض القهوة ولحظات استجماع الأفكار وإنعاش خلايا مخي النائمة.

طلبت قهوة وساندويتشًا، ولم يكن الطقس دافئًا بالقدر الكافي، فاكتفيت بطاولة صغيرة تطل على الشارع. كان هناك شاب يتحدث الإنجليزية الضعيفة مع صاحب المقهى، يبدو وكأن علاقة قوية تجمعهما، فهو ليس مجرد زبون عادي، يتحدثان ويضحكان. لفت انتباهي تحديق الشاب فيَّ أكثر من مرَّة، ثم بدا كأنه على

وشك التحدث معي، لكنه كان يتراجع في آخر لحظة. ارتبكت ووقعت ملعقة القهوة، فاقترب الشاب مني فجأة وقال لي بإنجليزيته الضعيفة:

ـ أوك، أنا مش هاقدر ما اتكلمش أكتر من كده، إنتِ فيه بودرة بيضة مغرقة وشك كله من الساندويتش!

انتهى من الجملة، وشعرت بخجل مختلط بضحك، شكرته وأمسكت بمنديل أحاول مسح هذه المهزلة، لم أوفق في مسح كل ما كان على وجهي. توجهت إلى صاحب المقهى لدفع الحساب، فما كان من هذا الشاب إلا التقاط منديل ومسح ما تبقى من بودرة الساندويتش من على وجهي وسط ارتباك كامل مني وضحكات عالية من صاحب المقهى الذي سألني عن جنسيتي، فبادر الشاب بالإجابة بدلًا مني:

ـ مكسيك، أرجنتين، إسبانيا!

ابتسمت وجاءت إجابتي مقتضبة:

ـ مصر.

لم أكن أرغب في تضييع مزيد من الوقت الذي يومي الذي بدأته متأخرة أصلًا، وما إن ذكرت مصر حتى بدأ صاحب المقهى في الحديث عن ذكريات إجازاته في الغردقة وشرم الشيخ. تبادلت الحديث معهما لدقائق انتهت بتعريف الشاب لنفسه:

ـ أنا «أندريا»، جار «ماركو»، وساكن في العمارة نفسها في الدور اللي فوق، هاستناكِ بكرة الساعة عشرة الصبح هنا نشرب قهوة ونفطر ونتعرف أكتر. باي!

تفاجأت بالدعوة بهذا الشكل الغريب، ولم أرد بالقبول أو الرفض. فقط ابتسمت واستأذنت للخروج.

أجلس على حافة سريري في التاسعة صباحًا في اليوم التالي، وكنت قد استيقظت للتو، أحاول ترتيب خططي لهذا اليوم، فجأة تذكرت موعد «أندريا». ساعة كاملة وأنا في المكان نفسه أحاول التوصل لإجابة عن هذا السؤال: «أروح؟ ما اروحش؟ طب أروح ويبقى منظري عبيط ولَّا ما اروحش ويبقى منظري وحش؟». قررت أن أسير في شارع المقهى وأترك الأمر لإحساسي وقتها. مررت من أمام المقهى لأجد «أندريا» يتحدث في الهاتف، أشار إليَّ فكانت علامة كافية لعدم الهروب. انتهى من المكالمة وقال لي:

ـ مش مصدق إنك جيتِ! أنا قلت هتتجاهليني! أنا حبيتك أكتر دلوقتِ. هو إنتِ اسمك إيه؟

ـ ميرنا.

ثم تناول يدي ليقبلها كجنتلمان، على الرغم من أن مظهره لا يوحي بذلك. ذكرني بالفنان العالمي عيسوي، شورت على قميص مشجَّر على سلسلة بها صليب كبير ووشوم تظهر تحتها وجوارب غير ملائمة للحذاء.

«أندريا» إيطالي الجنسية والهوية، يتحدث بصوت عالٍ، ويتلفظ كل كلمة مع حركة من يده، يقيم في براج منذ خمسة أعوام، جاء إليها بنقود قليلة ويبحث عن أي عمل، لكن رأس ماله الحقيقي على حد قوله هو أفكاره. في السنة الأولى استطاع أن يبتكر تطبيقًا للهاتف المحمول اسمه «ماي براج»، يضم كل الأماكن والمقاهي

في براج للسياح وكل مواعيد الاحتفالات والحفلات. خلال السنة الثانية أصبح تطبيقه هو الأشهر في براج حتى تواصلت معه وزارة السياحة التشيكية وأصبحت راعيًا رسميًا لهذا التطبيق. لم يكتفِ بذلك، بل قام بإطلاق جريدة يومية على الإنترنت، «براج مورننج»، وأصبحت من أكثر الصحف شهرة في براج. تحدثت عنه معظم الصحف الإيطالية كمثال للشاب الإيطالي الناجح، أصبح محاطًا بمعجبات ومتحذلقين، ولكنه استطاع على الرغم من كل شيء أن يبقى حقيقيًا غير مفتعل، وهذا هو النجاح الأمثل بالنسبة إليه. فرح «أندريا» كثيرًا عندما علم بعملي ككاتبة وصحفية، وأصر أن ننهي قهوتنا لنتجه إلى مقر صحيفته ليعرفني على طاقم العمل. أوك! ها قد بدأت الأحداث المريبة، هل يجب أن أذهب معه؟ ماذا لو كان مختلًا عقليًا أو لصًا أو فردًا في عصابة؟ زادت الاحتمالات المخيفة في عقلي ولم أنتبه إلا على صوت «أندريا» يناديني للحاق به في سيارته للاتجاه إلى مقر عمله.

المغامرة والأدرينالين والمجهول والشعور بخوف مختلط بالحماسة هو ما شعرت به وأنا أدخل سيارة «أندريا» الصفراء الصغيرة. أليس هذا ما كنت أبحث عنه؟ إنعاش للرتابة التي سيطرت على روحي مؤخرًا؟ ماتت وهي تبحث عن مغامرة أفضل كثيرًا ممن ماتت وهي تفكر في مغامرة. أغلقت باب السيارة وانطلقنا.

استغربت تحول «أندريا» المفاجئ عند الوصول إلى مقر الصحيفة، مرحٌ كما هو ولكنه مرح تطغى عليه الجدية. تعرفت على «ماسيمو»، إيطالي هو الآخر ويعمل مع «أندريا»، ثم جاء «بتر» لينضم إلينا،

وهو ممثل تشيكي ومذيع راديو وتلفزيون، يرتدي نظارة شمس كبيرة أثناء تجوله في الشوارع حتى لا يتعرف عليه العامة من الناس. تبادلنا الأفكار والمناقشات حتى مرت ساعتان تقريبًا. استأذن «بتر» في الرحيل، وشعرت أنه حان وقت رحيلي أنا الأخرى. لم يتمسك «أندريا» ببقائي، على عكس «ماسيمو»، ولكنني استأذنت بلطف وبأحضان حقيقية أشكرهم فيها على هذا الوقت الممتع.

على الرغم من أنني كنت أعلم أن «أندريا» خرج من حياتي بخروجي من باب الجريدة، إلا أن شعورًا طغى على اللحظة أكد لي أن للحكاية بقية، وأن فترة وجوده لم تنتهِ بعد. أحيانًا أُصبح عاطفية أكثر من اللازم عندما يتعلق الأمر بشخص أستمتع بصحبته، ولهذا ابتسمت في داخلي على أفكاري الرقيقة التي لا تظهر كثيرًا، وتابعت يومي في براج. الطاقة الإيجابية التي استمددتها من «أندريا» و«ماسيمو» و«بتر» كانت كافية لرسم ابتسامة على وجهي حتى نهاية اليوم.

في الثامنة مساءً كنت أستعد للخروج لمشاهدة مباراة نصف نهائي بطولة اليورو، دق جرس هاتفي المحمول لأجد رسالة من «أندريا»: «لسه مخلص شغل دلوقتِ حالًا. كان يوم طويل ومجهد جدًّا. مش عايزة تتفرجي على الماتش بشكل مختلف؟».

الحقيقة أن «أندريا» جاء في الوقت المناسب لأنني لم أكن أعلم الوجهة المناسبة لمشاهدة المباراة في براج. أجبت «أندريا» بالموافقة، فطلب مني الانتظار أمام المقهى الذي يسكن في بنايته في تمام التاسعة إلا ربعًا.

في التاسعة إلا ربعًا ودقيقة كنت أمام المقهى، حتى وجدت صوتًا

يناديني من أعلى، «أندريا» في شرفته بالطابق الأول يدعوني للصعود. مرت لحظات أخرى مختلطة بخوف وتشكك وأدرينالين ومخاطرة أكثر من اللازم، ولم يجعلني أفيق من هذه الأفكار إلا صوت «أندريا» العالي يقول ساخرًا:

ـ أنا مش قاتل متسلل ولا في عصابة، اطلعي وما تبقيش عبيطة.

(عندما تقرأ والدتي والمقربون مني هذا الجزء من القصة سيفاجأون ويقتلونني بلا شك، ولكنني حية أرزق أكتب هذه الكلمات، لذلك لا داعي للهلع).

صعدت إلى الطابق الأول ليستقبلني «أندريا» الذي طلب مني التعامل كما لو أنه بيتي. سألني:

ـ جعانة؟

أجبت ببساطة:

ـ جدًّا!

ابتسم، وجلست أشاهد بداية المباراة على تلفازه العملاق، واتجه إلى المطبخ. مرت دقائق وأنا أشاهد المباراة وسط تعليقات من «أندريا» من داخل المطبخ يسألني عما يحدث أمامي. خرج «أندريا» بعدها محملًا بطبقين من المكرونة الإسباجيتي الحمراء وكأنها تُقدم لي في مطعم فاخر.

كان الطبخ هوايته، يعتبره جزءًا من كونه إيطاليًا خالصًا. كان يعتبر أن الطبخ دلالة على الحب. حكى لي أن والدته ووالده انفصلا بعد أن علمت أمه بخيانة أبيه، ظلا عشر سنوات من دون طلاق حتى استجمعت والدته شجاعتها لتطلب الطلاق أمام المحكمة، وفي اليوم

الذي وقفا فيه أمام القاضي ليسألهما إذا كانت هذه رغبتهما الحقيقية، انهمرت والدته في البكاء، واحتضنها والده واتجها إلى المنزل ليعد لها عشاءً فاخرًا. كانت هذه الحكاية هي ما جعل «أندريا» يقدر قيمة الطبخ وإعداد وجبة تقديرًا كبيرًا. كان الدرس المستفاد والذي آمن به «أندريا» منذ هذا الوقت أن كل وجبة يعدها بحب لنفسه أو لشخص آخر تغفر له وتمحو ذنبًا من ذنوبه وتجعله إنسانًا أفضل.

نسينا المباراة مع الكلمات التي تدفقت بسلاسة أثناء حديثنا عن كل شيء، تحدثنا عن كرة القدم والموسيقى والعادات والتقاليد ومصر وإيطاليا والنجاح والعمل والسفر. تبادلنا مشاهدة فيديوهات لمقاطع مفضلة لنا من برامج أو أغانٍ، وعندما جاء الحديث عن الحب كان قلب «أندريا» ما زال يدمي بجرح غير ملتئم.

كان على علاقة بفتاة ألمانية التقى بها صدفة أثناء إجازتها في فينيسيا، مسقط رأسه، ولم يشعر بنفسه إلا وقد انتقل معها إلى بلدتها في ألمانيا وترك كل شيء وراءه في إيطاليا: عائلته، وأهله، وأصدقاءه، وأحلامه. كان يلقبها بـ«هتلر» في حديثه عنها، مريضة بالوسواس القهري، وهو، كما وصفته، إيطالي عشوائي. كانت تدفعه للجنون، كان يحبها ويكره ما كانت تحوله إليه.

ـ ما كنتش «أندريا»، كنت شخص تاني لما بافتكره ما باحبوش، أو يمكن كنت ساعتها حقيقي وأنا مش عارف!

كان يتحمل تقاليد عائلتها العقيمة التي تؤمن بالتجمع في نهاية كل أسبوع ليجلس الرجال معًا لمشاهدة مباراة كرة قدم، وتجلس النساء في غرفة أخرى لمناقشة أمور نسائية على حد قوله. ارتباط

ابنتهم بشخص غير ألماني جعلهم يتعاملون معه كشخص درجة ثانية، كانت جدتها تناديه بـ«ديرتي سباجتي»!

لا يدري كيف تحمل وتغافل عن إهانات عائلتها المتواصلة، وعن محاولاتها المستمرة لتغييره وجعله شخصًا آخر، وهو ما اعتبره إهانة أيضًا، لكن الحب إحساس خطير ومخيف، يجعلك تتغاضى وتتناسى وتتغافل وتهرب من أي محاولة مصارحة مع النفس. قبل شهر من موعد زفافهما، قررت «هتلر» أن تنهي العلاقة برسالة نصية. أدرك «أندريا» مع كلماتها مدى حماقته، وما اقترفه من ذنوب في حق نفسه لم يستطع أن يغفرها أو يمحوها حتى هذا اليوم. أن تُحَرَج من نفسك عند النظر في المرآة أقوى وأكثر ألمًا من أن تُحَرَج أمام شخص آخر؛ تستطيع الهروب بعيدًا لإخفاء إحراجك أمام هذا الشخص، بل قد تمحوه من حياتك، لكنك لا تستطيع الهروب من نفسك، وهذا أقسى ما في الأمر. هرب «أندريا» من جرحه بالانتقال إلى براج، والبدء من جديد. أغرق نفسه في العمل، وكلما رأى أمامه نجاح عمله أدرك عمق جرحه.

تحدثت مع «أندريا» عن هذه الفترة من حياتي: عن تركي لعملي فجأة من دون مقدمات، عن شعوري بالوحدة في بلدي وعدم قدرتي على التأقلم، عن رحلاتي السنوية التي تعد بمثابة مخدر مؤقت يمكنني من العودة إلى مصر، عن حبي المعقد لأدهم، عن علاقتي السابقة بمحمد، عن تعلقي ببراج ومدى كرهي للتعلق بأي شيء، عن انجذابنا لبعضنا البعض بدون حب أو إعجاب أو صداقة. كنا عراة تمامًا في أفكارنا في هذا الوقت. كنا نتحدث بكل ما يجول في خاطرنا من

دون انتباه أو مراعاة لغربة الموقف وغرابته. كنا في «يوتوبيا» كما قال «أندريا» عن تلك الجلسة.

الثانية عشرة بعد منتصف الليل الآن، وحان وقت الرحيل. شكرت «أندريا» على الأمسية الرائعة، فانتفض من مجلسه وقال لي:

ـ لأ، اليوم لسه ما خلصش، هيخلص كمان نص ساعة بالظبط، بس مش هيخلص هنا، ثانية واحدة!

دخل إلى غرفته، وبحث عن مفاتيح سيارته، ثم جذبني من يدي لنخرج من الشقة ونتجه نحو سيارته.

ـ إحنا رايحين فين!

ـ مفاجأة، بس ما ينفعش تمشي من براج من غيرها!

وصلنا إلى دهليز صغير تتوسطه شجرة في أحد شوارع براج، سرنا إلى آخره لأرى أمامي مشهدًا عظيمًا، كوبري «سان تشارلز» وقلعة براج مضاءان ليلًا وشلال النهر تحت أقدامنا. صمت خيَّم علينا، ووقفنا نتأمل المشهد المهيب وندخن السجائر، مضت نصف ساعة ثم أُطفئت أضواء القلعة والكوبري للإعلان عن انتهاء الليلة بشكل رسمي. رحلنا، وعند وصولنا إلى الفندق التفت إليَّ «أندريا»:

ـ أنا حاسس إنك هترجعي تاني، إمتى بالظبط ما اعرفش، بس لو فيه حاجة واحدة أنا اتعلمتها في حياتي فهي إني أثق في مشاعري!

ـ أنا كمان حاسة إني هارجع تاني، بس أنا عارفة إني أول ما أنزل من هنا الشعور ده هيفضل يكش يكش لحد ما يختفي، وهيفضل

موجود في حتة صغيرة جوه روحي، لأن لو فيه حاجة واحدة اتعلمتها في حياتي هتبقى إن مفيش أي مشاعر أو أحاسيس تسيطر عليَّ.

ابتسم «أندريا»، وبادلته الابتسامة. ووقفنا أمام مدخل الفندق ندخن سيجارة الوداع، حتى قال لي بعد صمت دام لدقائق:

ـ إنتِ عارفة إن الفندق اللي انتِ قاعدة فيه ده اسمه إيطالي على اسم مغني قديم؟ وعارفة إن الشخص اللي قابلتيه من ضمن ملايين في براج كلها إيطالي برضه؟ غريبة هه؟

أنهيت سيجارتي واحتضنته بشدة ودخلت مسرعة إلى الفندق.

ترانزيت

إسطنبول ٢٠١٤

ما أقدره في أدهم كثيرًا، بعيدًا عن حبي له كصديق وحبيب وشريك حياة، أن وجوده الدائم في حياتي ـ منذ اللحظة التي اعترفت له فيها بإعجابي به على مدار كل هذه السنوات السابقة، ولاحقًا عقب إعلاني عن حبي له في سيارته السوداء بعد منتصف الليل، وابتسامته التي اتسعت فرحًا، غير مستوعبة للكلمة التي خرجت في هدوء وسلاسة من فمي، واحتضانه لي ـ كان أشبه بمعجزة حقيقية.

لم أكن أبدًا أؤمن بالحب، إنما أؤمن بالتفاهم، بالأشياء المشتركة بين الشريكين، بالعِشرة والمودة ربما، لكن الحب كحب مثل الذي شدا له عبد الحليم حافظ، وتعالت آهاتها معه أم كلثوم، وتراقص معه محمد منير، وضمه إلى صدره عمرو دياب، لم أكن أؤمن به.

لم أشعر يومًا بهذه الكلمات التي تتردد دائمًا في الأغاني، كيف يمكن لشخص أن يصل به الإحساس بطرف آخر إلى حد كتابة مثل هذه الكلمات؟

أليس من الممكن أن تكون كل هذه الكلمات الرقيقة ما هي إلا صور مبالغة من المشاعر العادية وأضاف إليها الشاعر هذا النوع من الدراما كي يشعر المستمعون بأن هناك مستويات أخرى أعلى في الأحاسيس والمشاعر والحب والشوق والتنهيدات لم يصلوا إليها بعد، وبطبيعة الإنسان التنافسية والفضولية، سيسعى المستمعون سعيًا للبحث عن الشعور بهذه الكلمات.

معجزة حقيقية أن تدرك فجأة أن جملة: «خلي بالك على نفسك» تعني شيئًا فعلًا، معنى جليًا قويًا صادقًا يخرج من القلب مباشرة، ويعني كل حرف فيها، أن ينتبه من تحب لنفسه كي لا يُجرح جسديًا أو نفسيًا، لا تريد أن تراه إلا سعيدًا ضاحكًا.

معجزة حقيقية أن تلمع عيناك عندما تسمع جملة في أغنية، فتدرك أنها تشرح إحساسك نفسه بالضبط إن لم يكن أقل، تريد وقتها أن تتصل بكاتب هذه الكلمات على الهاتف لتُزايد على المستوى الذي وصل إليه بإخباره بحقيقة مشاعرك تجاه من تحب.

معجزة حقيقية تتعلق بدرجات ألوان يومك كل صباح، كيف يتحول كل ما حولك إلى رمادي، وتسمع أحاديث من حولك صامتة فارغة مشتتة، فقط لأنك تفكر في آخر مشاجرة وسوء تفاهم بينك وبين من تحب ولم تتوصلا إلى حل حتى الآن. وكيف تتلون الأشجار وتتفتح الأزهار عندما يبدأ يومك بسماع: «صباح الخير» بصوت من تحب.

معجزة حقيقية عندما تدرك أن بداخلك مشاعر وأحاسيس لم تختبرها بعد، بعد كل هذه السنوات، وكل هذا الوقت ما زال هناك

جزء خفي فيك لم يظهر ولم تشعر به يتسلل إلى عروقك على الرغم من كل ما مررت به في حياتك.

معجزة حقيقية أن تُدرك أن كل ما كان غير منطقي للآخرين في شخصيتك، من دعابات أو أذواق أو خروجة ما، تراه يسقط في مكانه الطبيعي مع من تحب كالقطعة المناسبة لأحجية مكونة من ١٠٠٠ قطعة استغرقت وقتًا طويلًا لتكتمل.

تجلَّت هذه المعجزة عندما جلست معه في هذا المكان المطل على البحر مباشرة بالإسكندرية، وقت الغروب، وأدرنا ظهرينا للجالسين خلفنا، واحتضنت يداه يدي، وجلسنا نشاهد الشمس تغرب في صمت وهدوء بابتسامة تعلو وجهينا. وقبل أن تغرب الشمس كليًّا خطفتُ يدي من يده، ولوحت للشمس مودعة لها، نظر إليَّ ثم انفجر في الضحك، وما إن رأى وجهي الجاد جدًّا حتى قام هو الآخر برفع يده ولوَّح للشمس مودعًا لها، ثم أمسك يدي مرَّة أخرى ليُقبلها، وتركنا أنفسنا للصمت المحبب مجددًا.

لا أدري كيف أصبح الطريق من القاهرة إلى الإسكندرية في نهاية كل أسبوع سهلًا وسلسًا ومسليًا ومحمسًا فجأة. فقط لأنني في الطريق إليه أو إلى مقابلته؟ لم تكن هناك إجابة شافية لهذا السؤال إلا: «الحب». هذا الشعور الخفي الذي أخذ في التضخم والتسلل إلى كل خلية في جسدي بعد أن سمعت هذه الكلمة المبهجة المكونة من أربعة أحرف تنطلق من شفتيه موجهة إليَّ في سيارته السوداء بعد منتصف الليل.

نخطف من الزمن ساعتين كل أسبوع لنتقابل، ويمر الأسبوع ثقيلًا جدًّا كل مرَّة استعددت فيها للعودة إلى القاهرة.

لكل ما سبق، أقدر وجود أدهم في حياتي وأمتن له، ولأنه في اللحظة التي أمسكت يده بيدي لاحتضانها مرَّة أخرى ذكَّرني بالاعتذار الذي أدين به لصديقتي العابرة التي قابلتها في مطار إسطنبول أثناء رحلتي من القاهرة إلى مدريد في ٢٠١٤. أود أن أُرسل إليها رسالة اعتذار حقيقية من القلب: «أشعر بكِ الآن وأُقدر دموعك!».

※ ※ ※

أكره مطار «أتاتورك» بإسطنبول، وأكره تركيا، إنها من البلاد التي لم تكن يومًا على قائمة سفرياتي ولن تكون أبدًا. أكره بعض الأشياء من دون سبب واضح، أو هكذا أفسر ما لا أريد أن أتذكر أسبابه، لأنه ربما لو تذكرت الأسباب لوجدتها تافهة للغاية مما سيجعلني أعيد التفكير في مشاعري، وأنا أكره ألا أكون على حق.

تغير أسلوبي هذا في التفكير مع الوقت، ومع النضج، ومع احتواء تفاهة أسبابي، ولكنه ما زال موجودًا على استحياء، مما يجعلني أسخر من نفسي كلما ظهر. مثل هذا المكان الذي اعتدت الذهاب إليه في كل صباح لتناول قهوتي، طاولة معينة استطاعت أن تدخل ضمن أماكن راحتي النفسية، اتجهت إلى المكان في صباح يوم ما لأجد طاولتي المفضلة يجلس حولها آخرون، وكانت هذه هي نهاية هذا المكان في حياتي!

أدرك مدى تفاهتي الآن وأنا أكتب هذه الكلمات، ولكن هذا لن يجعلني أعيد التفكير في إعطاء هذا المكان فرصة أخرى!

كرهي لمطار إسطنبول يرجع إلى كره غير مباشر لنفسي، كانت هذه هي المرَّة الأولى لنزولي فيه كترانزيت لمدة ساعة فقط، واتجهت

إلى بوابة وجهتي القادمة منعًا لإضاعة الوقت، وجلست أنتظر فتح البوابة الذي لم يكن ليستغرق أكثر من ٢٠ دقيقة على الأكثر، لسبب أجهله حتى الآن، لم أنتبه إلى الوقت إلا وكانت طائرتي قد أقلعت بالفعل! ماذا حدث؟ أين كنت كل هذا الوقت وأنا جالسة في مكاني لم أتحرك؟ كيف لم أنتبه للبوابة المتواجدة أمام عيني؟ كيف لم أنتبه لنداء المسافرين؟ «كيف؟» و«كيف؟» و«كيف؟» انطلقت في عقلي بلا هوادة.

لم أستغرق في النوم، ولم يشغلني شيء على الإطلاق! فقط فقدت السيطرة على أفكاري وأحلام اليقظة لأجدني قد تهت في متاهات عقلي لساعات من دون الشعور بالوقت أو الناس أو الرحلة أو الطائرة. كانت هذه بداية كرهي لهذا المطار، وربما هذه هي المرَّة الأولى التي أعترف فيها رسميًّا بشكل واضح وصريح عن سبب شعوري تجاهه، ألقيت اللوم ببساطة على المطار بدلًا من جلدي لذاتي الذي لن ينتهي أبدًا إذا بدأ!

جلست في أحد مقاهي المطار أتناول قهوة جعلتني لا أفكر إلا في النوم، ٦ ساعات على الأقل قبل موعد رحلتي الجديدة، سيجارة قد تعمل على إضاءة بضع دقائق، ولكنني أكره قفص المدخنين بمطار إسطنبول، قفص فعلًا من دون مبالغة. إذن، الخروج من المطار هو الحل!

خرجت من البوابة أستنشق هواءً غير مكيف، وأشعلت سيجارة، سمعت همهمة بجانبي، نظرت تجاه مصدر الصوت لأجد فتاة تبدو في العشرينيات تشير إليَّ بإشارة القداحة.

أوك، إليكِ قداحة.

عدت للنظر إلى السماء والتوهان في أفكاري، ولكن شيئًا ما جعلني أنظر إليها مرَّة أخرى، كانت تدخن سيجارة والدموع تنهمر من عينيها في صمت تام، لم أدرِ ما المفترض فعله في تلك اللحظة، فهناك نوعان من البشر أثناء الغضب أو الحزن: النوع الأول يميل إلى البكاء أو الانفعال طمعًا في بعض الحنان والإصغاء إليه وحضن حقيقي مفاده أنه ليس وحيدًا، حزنه يعني رغبته في وجود شخص بجانبه ليُطمئنه ويؤكد له أن كل شيء سيكون على ما يرام. أما النوع الثاني ـ وأنا منهم ـ عندما ينفعل ويبكي يميل إلى العزلة والوحدة ولا يريد أكثر من لحظات هادئة صامتة يستجمع فيها قواه العاطفية ويأبى أن يظهر بمظهر المنكسر أمام أيٍّ كان، كل ما يريده هو لحظات من الانفجار في البكاء كي يُخرج طاقة الغضب والحزن ثم يعود لمحاولة التفكير بمنطقية.

لم أستطع أن أحدد لأي نوع مما سبق تنتمي هذه الفتاة، ولكن على كل حال قلبي لم يطاوعني أن أتركها وحيدة مع دموعها.

سألتها بالإنجليزية:

ـ هو إنتِ كويسة؟ كله تمام؟

جاء ردها، وسط نهنهة وبكاء، بلغة غريبة لم أفهمها.

اقتربت منها خطوتين، وقلت لها بصوت خافت:

ـ أنا مش فاهمة اللي بتقوليه، إنتِ بتتكلمي إنجليزي طيب؟ محتاجة مساعدة؟

ظلت تبكي وتتحدث بلغة غير مفهومة. أوك حظ سعيد مع دموعك!

قبل أن أتحرك قالت لي بالإنجليزية:

ـ انتظري!

ثم أخرجت هاتفها ونقرت عليه للحظات ثم أعطته لي، «جوجل ترانسليت» من اللغة الفارسية للإنجليزية!

كتبت: «أنا لا أتحدث الإنجليزية أو التركية، أنا إيرانية وحزينة!».

كتبت لها بإنجليزية تُترجم للفارسية: «لا بأس، أنا هنا معك، الجو بارد هنا، هل تريدين الدخول؟».

قرأت الرسالة وأومأت برأسها بالموافقة.

جلسة كاملة لمدة لا تقل عن ساعتين ونصف تقريبًا تحدثنا فيها أنا والفتاة الإيرانية عن طريق «جوجل ترانسليت»، تكتب ويُترجم وأنا أكتب ويُترجم، هي في الخامسة والعشرين من عمرها، متزوجة من شاب تركي تعرفت عليه في إيران أثناء دراسته هناك، وقعا في الحب وسرعان ما تزوجا، لم يفلح في العثور على عمل يليق بدراسته في إيران، فقرر العودة إلى موطنه بتركيا، سبب بكائها هو رفض الحكومة التركية إعطاءها إقامة، ما تسبب في أن تمكث لفترة قصيرة هنا معه مرَّة كل سنة!

لا تتمتع بحياة زوجية طبيعية إلا مرتين في السنة فقط، يزورها مرَّة وتزوره مرَّة.

لم أشعر بالخجل وقسوة قلبي إلا عندما قررت أن أسألها: «ولماذا لا تنهيان العلاقة فحسب؟».

كتبتُ تلك الكلمات، وشعرت بالتسرع، ولكن جوجل كان أسرع مني وترجم، وأدركت أنني في حاجة إلى النوم لاستعادة تركيزي أو

أن تنشق الأرض لتبتلعني وأختفي حالًا، خصوصًا بعد ردها الذي ظهر على الشاشة: «الحب».

أردت أن أتغلب على الإحراج، فقدمت لها كوب قهوة على حسابي. مرت دقائق صمت، ثم أعلن نداء المسافرين عن فتح بوابة رحلتها إلى إيران. احتضنتني بشدة، وهمهمت بجمل باللغة الفارسية لم تستطع ترجمتها على الهاتف نظرًا لتعجلها، وقبل أن تبتعد عادت مجددًا والتقطت صورة معي واتجهت إلى رحلتها.

<h1 style="text-align:center">نهاية درامية</h1>

قبرص ٢٠١٣

جلست وظهري مشدود في زهو خسيس يملأني، أتحدث بثقة مع هذا الرجل الثمانيني العجوز الذي لم ألحظ نظرته الساخرة إلا وأنا أكتب هذه الكلمات. أتحدث بثقة أحلم بربعها الآن. أتحدث معه بطلاقة وبدون تلعثم في كلماتي عن معنى الحياة، وأُلقنه دروسًا بصورة غير مباشرة. يا إلهي! كيف اجتاحتني هذه الثقة وهذه الشجاعة وهذه الركاكة وهذه الوضاعة؟

كنت في العشرين من عمري عندما أرسلوني في مهمة صحفية إلى مدينة «بافوس» في قبرص. جلست على هذه الطاولة في هذا الفندق ذي النجوم الخمس مع أهم رجل في هذه المدينة وربما في هذا البلد كله، هو الثالث في الترتيب بعد الحكومة والكنيسة في امتلاك الأراضي القبرصية، أو هذا ما قيل لي.

سأله أحد الصحفيين عن مشاريعه وأعماله، أخذ يسردها واحدًا تلو الآخر وكأنها قائمة لا تنتهي من مشروعات وإنجازات. كان شبه

مؤتمر صحفي، ولكنه أخذ طابع الودِّية أكثر، وكان مليئًا بصحون طعام لذيذة ونبيذ أحمر مغرٍ للعين.

تبحث أحيانًا عن الاختلاف لمجرد الاختلاف، وهذه مرحلة مررت بها ومررنا بها جميعًا، ولكنها تتبخر عندما تُدرك مع الوقت أنك مختلف فعلًا ولست في حاجة إلى تصنعه. هل طفلة قرأت «هاملت» و«حلم ليلة صيف» و«تاجر البندقية» و«آنا كارنينا» في العاشرة من عمرها هي مجرد طفلة عادية مثل آلاف الأطفال؟ لا، بالطبع لا، ولكنها تُصر على سرد هذه المعلومة للتأكيد على أنها مختلفة وهذا هو الغباء بعينه.

كان بالتأكيد الغرض من سؤالي لهذا الرجل العظيم العجوز هو الظهور بأنني مختلفة عن هؤلاء الصحفيين البائسين المتذمرين الذين ظنوا أن جرائدهم ومجلاتهم أرسلتهم في هذه المهمة لأنهم مهمون وليس لأنهم عبيد مأمورون حالفهم الحظ بامتلاك القدرة على الكتابة.

قاطعته أثناء سرده لمشاريعه العملاقة:

ـ ومع كل هذه المشاريع العملاقة، متى تستمتع بوقتك؟

رد ضاحكًا:

ـ أنا الآن أستمتع بوقتي في العشاء معكِ. أليس هذا كافيًا؟

سألت مجددًا:

ـ لا ليس كافيًا. هذا سؤال جاد. متى تستمتع بوقتك؟

رد بصرامة:

ـ أنا لا أستمتع بوقتي. أنا عبد، عبد لمشاريعي وأحلامي وعملي

وطموحي. هذا الفندق أملكه، وعشرات غيره. ثلاثة أرباع مشروعات هذه المدينة ملكي. أتظنينني أنجزت كل هذا بالنوم ثماني ساعات يوميًّا؟

أجبت بلهجة مستهترة:

ـ لا بالتأكيد. لكن ألم تتمنَّ النوم لثماني ساعات يوميًّا؟ ألم تتمنَّ أن تمتلك فندقًا واحدًا فقط بدلًا من عشرات؟ ومشروعين فقط بدلًا من آلاف؟ الاستمتاع بالحياة بدلًا من الغرق على هامشها؟

ساد الصمت لثوانٍ. صمت أسترجعه الآن وأتمنى لو ابتلعني وقتها. كان اليوم الأخير لي في تلك الرحلة على أي حال. في الصباح أتوجه إلى المطار وينتهي كل شيء. تغير مسار النقاش لسبب لا أتذكره، وانتهى العشاء وصعدنا إلى الغرف.

قبل استغراقي في النوم سمعت طرقًا على باب الغرفة. فتحت الباب لأجد مدير شركات الرجل العجوز يستأذنني للدخول والتحدث معي قليلًا. استلطفني هذا الرجل منذ اللحظة التي قابلني فيها. قال لي إنه رأى ذكاءً في عينيَّ جعلني المفضلة له من بين الصحفيين في هذه الرحلة.

قال الرجل بتلعثم ناتج عن خجل بسبب الوقت المتأخر:

ـ أعتذر عن القدوم إلى الغرفة في هذا الوقت المتأخر، ولكن السيد «ديميتري» أصر على إرسالي في الحال!

قلت ضاحكة على أمل تخفيف خجله:

ـ لا بأس يا سيد «ساكيس»! الوقت ليس متأخرًا على كل حال،

الساعة ما زالت العاشرة مساءً. أنا أعيش في القاهرة، العاشرة مساءً تعني بداية اليوم!

ـ طلب مني السيد «ديميتري» شكرك على قدومك لهذه الرحلة و...

قاطعته بابتسامة خفيفة لشكره. أعلم أن هذه الأسطوانة مرت على كل غرف الصحفيين.

لم أكن متعجرفة أو مغرورة كما ينبعث الآن من استرجاعي لهذه اللقطات، لكنني فقط كنت واثقة أكثر من اللازم، واثقة من كل شيء في الحياة.

ـ على أية حال، لم يكن شكرِكِ فقط هو سبب مجيئي إليكِ. طلب مني السيد «ديميتري» توصيل هدية لكِ شخصيًّا. لكِ وحدكِ. تذكرة عودتك غدًا لن تكون على الدرجة السياحية مثل بقية الصحفيين، بل ستكون على درجة رجال الأعمال، بالإضافة إلى هذه الزجاجة من النبيذ الأحمر القبرصي العتيق!

اجتاحت وجهي علامات الاستغراب، ولاحظها «ساكيس» على الفور. قلت وابتسامة تعلو وجهي فشلت في إخفاء الاستغراب والدهشة:

ـ شكرًا على زجاجة النبيذ يا «ساكيس»، أُقدِّر هذه اللفتة الطيبة حقيقي! ولكن أرجو منك أن تُبلغ السيد «ديميتري» أنني لن أستطيع القبول بتغيير تذكرة العودة غدًا، سأعود كما جئت مثل الجميع في الدرجة السياحية، ولكن أبلغه جزيل شكري!

في صباح اليوم التالي، استيقظت مبكرًا لاحتساء آخر كوب قهوة

قبل العودة. جلست إلى طاولة تطل على البحر مباشرة، أنظر إليه كما لو أنني أرى بحرًا للمرَّة الأولى في حياتي. أفقت من تأملاتي وأفكاري على صوت السيد «ديميتري» بنفسه يستأذنني في الجلوس على الطاولة نفسها!

قال مبتسمًا بشوشًا:

ـ أرجو ألا أكون قد قطعت خلوتك وقهوتك!

أجبت في حماس، وبلطف أكثر من اللازم:

ـ لا بالعكس!

ـ سرقت ساعتين من بداية اليوم لإلقاء تحية الوداع عليكم قبل الرحيل. هل استمتعتِ بقبرص؟ هل أحببتِ «بافوس»؟

ـ نعم! كثيرًا! بالتأكيد سأنتهز أول فرصة لزيارة ثانية!

ـ أرجو ألا أكون قد أزعجتك ليلة أمس بإجابتي الجافة!

ـ لا لا لا. لم تزعجني إطلاقًا!

ـ أُقدِّر رفضك لتذكرة درجة رجال الأعمال. هكذا توقعت ردة فعلك أيضًا. أما زجاجة النبيذ، فاعذريني في طلب بسيط. أنتِ في عامك العشرين أليس كذلك؟

ـ نعم، أتممته في أغسطس.

ـ عظيم! لا تفتحي هذه الزجاجة تحت أي ظرف إلا بعد عامين على الأقل. أعلم أنه طلب سخيف. ولكن بعد عامين لا تفتحيها إلا عندما تشعرين أنكِ حرة فعلًا، حرة قرارك وحرة نفسك. افتحيها عندما تشعرين بأنك مستمتعة بحياتك وراضية عنها تمامًا! ولكن تذكري، ليس قبل عامين! أنتِ فتاة مميزة يا مصرية! أنا متأكد.

قال هذه الجملة وهو يحرك إصبعه تأكيدًا على كل كلمة. سرعان ما بدأ الصحفيون و«ساكيس» وغيرهم في التدفق لتناول الفطور.

***

عدت إلى القاهرة، وتوالت الأعوام وأنا أعمل صحفية وكاتبة. توالت الأعوام وتوالت الأشغال وزادت وأصبحت روتينية إلى حد قاتل، ونسيت زجاجة النبيذ التي تكومت عليها الأتربة في درج خاص تحت السرير.

ليس الروتين هو ما قتلني، بل الطموح ربما، أو الطمع، لا أدري، ولكنه بالتأكيد الطمع، الرغبة في الحصول على المزيد، لم تعد هذه الجرعة القليلة من الكافيين كافية لإشباع رغبات طموحي وأهدافي وأحلامي وأحيانًا غيرتي المشروعة من زميل تفوق هذا الأسبوع. الطمع في مزيد من التصفيق، الطمع في مزيد من المكانة المميزة التي ترتفع مع كل خبطة صحفية مني، وكل فكرة مميزة تطرأ على ذهني فتظهر في الأسبوع التالي على غلاف المجلة، وتحول الأمر من تمسكي بعدد الصفحات التي ستُكتب هذا الأسبوع إلى جودة الصفحات التي ستُكتب، وأصبح الأمر أكثر إرهاقًا، ولكنه أكثر إمتاعًا، ويُجهد كل عضو في جسدي، ولكنه إجهاد ممتع!

الاستمتاع بحياتي هو كل ما أريده. التحرر من قيود الروتين هو كل ما أسعى إليه الآن.

طالت فترة ابتعادي عن العمل منذ استقالتي المفاجئة من المجلة حتى وصلت إلى شهور، وكان لا بد لها من التوقف. لم أكن أشعر بقيمة نفسي الحقيقية وأنا عاطلة عن العمل، لا أنجز شيئًا. أشتاق إلى شعور أدرينالين العمل مرَّة أخرى.

في بداية عودة علاقتي بأدهم في شهر مارس، كنت قد وقَّعت عقد عمل جديدًا كمذيعة راديو. تحدٍّ جديد، كثير من النهم للتعلم والاستكشاف. من غرائب القدر وطرائفه أن أول يوم في بداية عقد عملي هو نفسه اليوم الذي اعترف فيه كل منا للآخر بحبه. ١٣ مارس ٢٠١٧!

كأن الله قرر أن يفتح لي بداية جديدة تمامًا في كل شيء! بدأت العمل الجديد المليء بالتوقعات والطموحات الجديدة، وبالتفكير والمنافسة ومحاولات حقيقية لإثبات الذات، ما أوقعني في فخ الضغط العصبي مجددًا بعد شهور من البداية، كان لا بد لي من مغادرة القاهرة بأي شكل.

كنت أثور لأتفه الأسباب، ربما لخوفي المفاجئ من عقد الارتباط بهذا العمل الجديد حتى لو كان عملًا أحبه بعد فترة كبيرة نعمت فيها بحرية، حرية تحرك وتنقل، وحرية التحكم في الوقت وفي كل شيء. دائمًا وأبدًا كان شمس في الانتظار لينتشلني من كل ما يؤرقني. اقترح أن نذهب في نهاية الأسبوع في رحلة قصيرة إلى الفيوم في محاولة لتهدئة أعصابي. وتخلى أدهم بكل حب عن لقائنا الأسبوعي في الإسكندرية هذا الأسبوع على وعد أن ألتقط صورًا لكل شيء كما لو كان معي.

جلست أنا وشمس في الليلة الأولى حول حلقة النار الليلية مع عدد من الغرباء، كانت هذه المرَّة الأولى التي أسمع فيها صوت تلك الفتاة ـ انطلق صوتها من هاتف أحد المتجمعين حول النار، وكان يليق بالمكان وحالتي النفسية غير المستقرة.

أثناء هذه الجلسة، قابلت الرجل العجوز. نعم إنه هو القبرصي الرزين. أوك، إنه ليس القبرصي بكل تأكيد، ولكنه يشبهه كما لو كان مستنسخًا منه، ولكن بشعر متطاير في كل مكان على عكس القبرصي الذي ثبت شعره كما ثبت طموحه وأحلامه، وشورت زهري اللون لا يليق بسنه وتجاعيده، ولكنه يليق بكل تأكيد بروحه المرحة. دخل إلى المكان بصوته العالي المتراقص، ممسكًا بزجاجة البيرة، راقصًا حول حلقة النار التي جلسنا أمامها مستمعين إلى الموسيقى ومتأملين في سماء تلألأت فيها النجوم.

«مينو»، كما أطلق عليه من يعرفونه هنا، رجل عجوز يقيم بالفيوم، يحب الحياة ويبدو أنها تحبه هي الأخرى. مخيف تشابه الملامح بينه وبين العجوز القبرصي، ومخيف اختلافهما الجوهري في الشخصية والروح.

علا صوت تيريز سليمان التي كنت أستمع إلى أغانيها للمرَّة الأولى في حياتي بفضل هذا الشاب الذي يجلس في الجهة المقابلة من حلقة النار وأنا أُحدق في «مينو» الذي جلس بجانب فتاة وأخذ يغازلها.

تذكرت الرجل العجوز القبرصي، ونظرت إلى «مينو»، وتذكرت زجاجة النبيذ، وتذكرت أعباء عملي القديم التي تراكمت على رأسي ولم أدفعها بعيدًا ولكنني احتضنتها حتى ابتلعتني، تذكرت ثقتي وغروري في التحدث عن «أن تكون حر نفسك» للعجوز القبرصي، وكم كنت ساذجة، وكم كان متفهمًا لتسرعي وطيشي وصغر سني آنذاك.

كان «مينو» يُمثل كل ما أردته في حياتي في هذه اللحظة، رجل يعيش ضاحكًا ليلًا ونهارًا، ليس لديه عائلة على الأرجح، بل أصدقاء قدامى، ينظر إلى السماء كل ساعة ليشكر الله على وجودهم في حياته، يطلب منهم وعده بأن يُدفن هنا في الفيوم، في هذا المكان الذي وقع في حبه منذ أن زاره في المرَّة الأولى وقرر ألا يخرج منه أبدًا، ويحتسي البيرة ويسكر ثم يطلب منهم ألا يتركوه وحيدًا أبدًا.

كان «مينو» يعمل في السياحة منذ زمن، ولكنه قرر في لحظة ترك كل شيء والاستمتاع بما تبقى له من العمر الذي ضاع وهو يجري خلف إحداهن، مثل التي يجلس بجانبها الآن ويحاول لفت انتباهها وسرقة ضحكة منها بحكاياته: منها المؤثرة مثل اجتماعه بأطفال القرية هنا وإقامة حفلة لهم على حسابه الشخصي، وكانت مليئة بالألعاب والمهرجين، ثم طلب منهم أن يعدوه بالاجتهاد في الدراسة، وقال لهم إن من سيجتهد ويحصل على علامات متميزة سيحصل على هدية. ونفذ «مينو» وعده للأطفال، ثم طلبه منهم الاهتمام بنظافتهم الشخصية ونظافة القرية أيضًا وهكذا.

ومن حكاياته ما هو مفعم بالحياة والأدرينالين، مثل أنه قرر القيادة من إيطاليا إلى النمسا وحيدًا حتى يلحق بموعد طائرة لفتاة أُعجب بها في النمسا، وعندما وصل وقع في حب فتاة أخرى غيرها!

كان لديه دائمًا ما يحكيه بكل حماس، تقطعه الضحكات الساخرة، فتجعلك تُصدق كل قصة حتى لو بدت غير منطقية، ولكنها منطقية جدًّا بالنسبة لشخص مثله.

هل «مينو» هو الآخر حر نفسه؟ أم عبد لأهوائه؟ هل اختار الحياة

وحيدًا في بيته الفخم هنا في الفيوم بكامل إرادته أم أن هذه الحياة هي التي اختارته؟

كان من المفترض أن يكون «مينو» في هذه اللحظة هو مثلي الأعلى. ربما انبهرت به كثيرًا، لكن ليس هو ما أريد أن أكونه.

* * *

على الرغم من وجود أدهم في حياتي، الذي أجاب عن كثير من الأسئلة في نفسي، إلا أنني استوعبت أن الحب وحده لن يُجيب عن كل الأسئلة التي أحملها بين طيات روحي.

بين طيات روحي يوجد كثير من الأحلام والطموحات وعدم الاستقرار والتذبذب تجاه كل شيء. ما زلت أتساءل عما تخبئه لي الحياة، ما زلت أشك في قدرتي على تحقيق كل ما أتمناه، ما زلت غير قادرة على مواجهة نفسي مواجهة حقيقية والبوح بكل الإجابات عن الأسئلة التي تتقافز في عقلي كلما خفتت الأصوات من حولي وتأملت السماء.

لكن الشيء الإيجابي الوحيد في وسط كل هذه الحيرة، أنه كلما تساءلت كان أدهم هنا يسمعني، حتى لو لم تكن لديه إجابة عن أسئلتي، كان يستمع ويتساءل هو الآخر. كلما زادت حيرتي وتُهت بين أحلامي العديدة غير المنفذة، ربت على كتفي بكلماته التي تحمل إيمانه الكامل بي. كلما قررت أن أضرب بعرض الحائط العمل الجديد وارتباطاته والخروج من كل هذه القيود، احتضنني ليهمس لي بأنني قادرة على الاستمرار وأن لديَّ كثيرًا لتقديمه.

وجوده في حياتي جعلني أتفهم أنه من الطبيعي أن أتساءل وأشك

٢٠٦

وتتملكني الحيرة، ما دام اليوم ينتهي، ونحن نعد أنفسنا بأن طاقة الحب التي تجمعنا تستطيع دفعنا دفعًا تجاه كل ما نريد تحقيقه ونظنه صعب المنال.

أكتب هذه القصة التي قررت أن تكون هي خاتمة هذا الكتاب، وقد أدركت شيئًا تافهًا ومهمًّا في الوقت نفسه: أنني أحب الشاي وأحب اللبن، وعلى الرغم من ذلك، فإنني نادرًا ما شربت شايًا باللبن!

قبل أن تغلق الكتاب

غيَّرت كل الأسماء في هذه الرواية، منعًا لإحراج أصحابها، وحمايةً لمشاعر أبطال حكاياتي.

أتأسف فعلًا لكل شخص مر في حياتي وظننت أنني أحبه. لم أكن قَطُّ كاذبة في مشاعري، فقط لم أكن أعلم وقت ارتباطنا أن شعورًا مثل الذي أكنه لأدهم الآن موجود فعلًا.

أريد أن أعبر عن امتناني لكل من:

طريق إسكندرية-القاهرة الصحراوي، والتوهان في أفكاري أثناء القيادة.

عزت صبري: شكرًا على وجودك في حياتي. أحبك جدًّا، إلى الأبد، وحتى تحترق النجوم وتفنى العوالم. أنت تلهمني دائمًا!

بولا سالم، أول من رأى موهبتي في الكتابة من خلال مجرد سطور عبر فيسبوك، وساندني لتدشين مدونة إلكترونية لنشر كتاباتي، وآمن بي على الرغم من كل شيء: أنت شقيقي الذي لم تلده أمي، أحبك جدًّا وأشكرك على وجودك الدائم مهما حدث وأينما كنت.

مروان عبد المولى الذي شهد كل مراحل تطور هذه الحكايات وتشابكها: أنا ممتنة لك لمساعداتك المستمرة في حل عقد أفكاري وانتظارك الدائم لقراءة كل حكاية جديدة.

والدتي، د. ماجدة الهلباوي، التي تفهمت حالاتي المزاجية المتقلبة كلما شرعتُ في الكتابة وسهرتُ لبعد الفجر يوميًّا في محاولات مستميتة للانتهاء من هذا الكتاب.

مجلة «٧ أيام» ومدير تحريرها آنذاك، شريف الألفي، الذي نشر أول جزء من هذا الكتاب، «ستريبر مدريد»، ليصبح بارقة أمل بأن لديَّ كثيرًا لأحكيه.

يارا شقيقتي، التي ستقتلني بكل تأكيد إذا لم أعبر لها عن امتناني في الكتاب الأول وربما الأخير.

وأخيرًا، ممتنة لنفسي وفخورة بها لإتمامها شيئًا أساسيًّا من قائمة طويلة تريد تحقيقها.